KB067695

그 순간
너는

초판 1쇄 발행 | 2009년 12월 1일
4쇄 발행 | 2014년 2월 20일
지은이 | 김이정 김혜진 박형숙 부희령 이경혜 이경화 이성아 임태희
만든이 | 최문정 이창섭 여은영 김민영 박미란 남경미
펴낸이 | 최윤정
펴낸곳 | 바람의 아이들
등록 | 2003년 7월 11일(제312-2003-38호)
주소 | 121-841 서울시 마포구 서교동 448-29
전화 | (02)3142-0495   팩스 | (02)3142-0494
이메일 | windchild04@hanmail.net

ISBN 978-89-90878-87-8 43810
978-89-90878-04-5(세트)

그 순간 너는

김이정 김혜진 박형숙 부희령 이경혜 이경화 이성아 임태희 지음

바람의아이들

1814 MHz

차례

모색과 시도
- 제5회 바람단편집을 펴내며

처음 출발은 이게 아니었다. 재난사고를 다룬 소설을 구상했었다. 거의 아무 일도 일어날 수 없도록 많은 시간을 학교와 관계하며 사는 우리 아이들이 삶에 대해서 무언가를 강렬하게 느끼고 생각하도록 만들려면 극한상황, 짧은 순간이 필요하다는 판단이었다. 그러나 이미 청소년 소설을 낸 적이 있거나 그런 적은 없지만 청소년 소설을 잘 쓸 수 있을 것 같거나 혹은 쓰고 싶어 하는 작가들을 모으고 의논을 하면서 생각은 180도로 달라졌다. 평범한 아이들의 평범한 일상 속에서 뭔가를 찾아내자는 쪽으로. 또 참여하는 작가들이 각각 독립된 단편을 쓰되 모든 작품들이 유기적인 연관을 맺도록 하기로 했다. 아니, 어느 지점에선가 이 작품들 속 그리고 밖의 아이들이 어떤 접점을 찾았으면 했다. 나와 남 혹은 나와 세상 사이에서.

대부분의 청소년들이 하는 일이 무엇인가 골똘히 생각하던 우리가 찾아낸 게 MP3였다. 늘 음악을 듣는 아이들. 같은 순간 라디오를 들으면서 서로 상관없는 삶을 사는 전혀 다른 아이들의 이야기를 여러 편의 단편으로 풀어내는 게 우리의 목적이었다. 현장감을 더하기 위해서 가능하면 실제 방송에서 진행자들의 멘트를 인용해 볼 생각도 했다. 그래서 다같이 모여서 아이들에게 인기가 높다는 방송을 찾아서 들어 보았다. 노트북으로 무장하고. 그러나 우리의 받아쓰기는 실패로 돌아갔다. 살아 있는 이야기, 생생한 말투를 찾아내겠다고 너무 무장했었나 보다. 별다른 '언어'를 낚아 올리지 못한 우리는 결국 가상의 프로그램을 만들어 내기로 했다. 진행자들의 이름을 놓고 느낌을 견주면서 합의에 도달한 게 은파랑(해설. 감칠맛 나는 멘트. 솔직하게 말하는. 랩퍼. 20대)과 지민(메인 MC. 잘 받아 주고 수습하는. 20대. 디제이)이 진행하는 '내게 주파수를 맞춰 봐'. 중간고사가 끝난 4월 말, 방송이 진행되는 저녁 여덟 시에서 열 시 사이, '그 순간 너는' 어디에서 무엇을 하고 있었냐고 독자들에게 말을 거는 것이다. 이 작품집은.

이런저런 구상 끝에 실제 작업을 시작한 것은 2008년 2월 13일이었다. 그리고 마지막 원고가 들어온 것은 2009년 9월 25일. 그

긴 시간 동안 많은 일이 있었다. 중도에 포기하는 사람도 생겨났고 새로 결합하는 사람도 생겼으며 뒤집었다 엎었다가 결국은 마침표를 찍는 사람도 있었으니 이제 여덟 편의 이야기로 마무리된 이번 단편집은 그동안 냈던 네 번의 바람 단편집보다 더 공을 들이고 애를 쓴 셈이다. 맨 처음 시작을 위해서 모두에게 발동을 걸어 주는 재미난 라디오 스크립트는 김혜진이 썼다. 원래는 이 스크립트를 맨 뒤에 부록으로 실을까 했으나 의논 끝에 그러지 않기로 했다. 이 스크립트가 인용되는 부분은 작품에 따라서 작가가 다시 쓰기도 하고 수정하기도 했다. 대신, 각각의 작품이 시작되기 전에 작품 속에 인용된 스크립트 부분만 따로 독립시켜 놓았다. 더러 겹치기도 하지만 이 부분만 따라가면서 읽어도 작품집의 분위기는 맛볼 수 있도록. 이번 작품집은 여러 가지로 번거롭고 까다로운 작업이었지만 색다른 재미가 있기도 했다. 바람의 까다로운 요구를 열린 마음으로 수용해 준 작가들에게 고마움을 전하고, 끝까지 함께하지 못한 작가들에게 아쉬움을 전하며 다음 기회를 기대한다. 이번 작품집도 역시 우리의 화두는 '청소년 소설이란 무엇인가' 였다. 그런 의미에서 이번 기회에 처음으로 청소년 소설을 쓰게 된 소설가들이 더욱 반갑고 이번 작업을 통해서 그냥 소설과 청소년 소설 사이의 벽이 조금 허물어진 것 같다는 뿌듯한 마음도 있다. 작가가 되려는 이들이 세상에 첫 발을 내딛는 일을 도우고 이미 작가의 길을 가고 있는 사람들이 보다 탄탄한 행보를 보일 수 있도록 애를 쓰는 것이 바람의 아이들이 책을 만드는 뜻이지만 그 중에서도 바람 단편집은 특히 더 그런 뜻을 담고 있다. 이 책으로 다섯 번째를 맞는 바람 단편집의 모색과 시도는 앞으로도 꾸준히 계속 될 것이다. 바람의 아이들은 앞으로도 계속 모색하고 탐색해 나갈 것이다. 동화와 청소년 소설이 문학의 큰 테두리 안에서 속 깊은 발전을 해 나갈 수 있도록.

2009년 11월
바람의 아이들 대표 최윤정

17번째 계단과
18번째 계단 사이

_ 박형숙

내게 주파수를 맞춰 봐_1814 MHz

PM 8:03

네, 내게 주파수를 맞춰 봐 1부가 시작되었습니다.

갑자기 비가 오니까 문득 우리 친구들 지금 어디서 무얼 하고 있는지 궁금해지네요. 지민 씨는 안 그래요? 음, 곧 중간고사가 시작되니까 대부분의 친구들이 공부를 하고 있지 않을까 싶긴 하지만…… 어떤 분들은 학원에서 공부하고 있을 거 같고, 어떤 분들은 독서실에, 또 어떤 분들은 집에서 편한 자세로 누워 있을 수도 있고…… 생각해 보면 참 신기한 일 아니에요? 우리는 모두 각자 다른 곳에서 다른 일들을 하고 사는 모르는 사람들인데 하필 오늘 이 시간에 이 라디오 방송을 함께 듣고 있잖아요.

문자가 왔다.

배꼽 부근에서 드르르륵 울리는 진동이 선명하게 느껴진다. 가슴 한끝이 싸하니 아려 온다. 하필이면 잔반통 앞에서라니. 점심시간에 아이들은 가장 들떴다. 교실은 한순간 해방구로 변하기 마련이었다. 식사 후 남은 반찬을 버리는 잔반통 주변이 제일 시끄러웠다. 이런 들썩들썩한 분위기에서 태우의 문자를 확인하고 싶지는 않았는데.

식판을 옮겨 쥐고 치마 벨트 안으로 손을 넣어 휴대폰을 꺼낸다. 휴대폰을 꺼내는 짧은 순간에도 만 가지 감정이 교차한다. 정말 태우의 문자일까? 태우가 맞다면 나와 사귀겠다는 뜻일까? 혹시라도 연락하지 말라고 하면 어쩌나.

휴대폰 진동이 전류처럼 손바닥을 타고 올라온다. 심장이 조여
드는 것만 같다.

너 맘 변했니?
010-xxxx-6982

홍기였다.

사각의 액정 화면에 뜬 문구, 그리고 전화번호를 보면 알 수 있
다. 그걸 깨닫는 순간 손에서 식판이 미끄러져 내려갔다. 콘크리
트 바닥에 식판이 떨어지면서 남아 있던 국물과 반찬들이 사방으
로 튀었다. 복도는 금세 아수라장이 되었다.

"아악!"

깔끔이로 소문난 나인이가 소리를 질렀다. 범수 앞에 서 있던
나인이는 흰 양말에 무생채 국물 몇 방울이 튄 것뿐인데도 난리였
다. 마치 내 앞에 서 있던 범수보고 들으라고 그러는 것 같았다.

"몰라, 몰라. 이거 어제 새로 산 양말이란 말야."

짜증 섞인 목소리로 징징거리는 나인이를 보고 있자니 미안한
마음이 도로 들어가 버렸다. "어?" 하고 잠시 놀란 눈을 하던 범수
가 곧 바닥에 떨어진 식판을 집기 위해 엎드렸다. 엎드린 등 아래

로 범수의 바짓단이 눈에 들어왔다. 육개장 국물이 벌겋게 물들어 있다.

"범수야, 어쩌지?"

"난 괜찮으니까 쟤나 빨리 달래 줘라."

범수가 나인이를 가리키며 말했다. 나인이 주위에는 평소에 친하게 지내는 아이 둘이 어느 틈엔가 몰려와 있었다. 걔네들은 귓속말을 주고받았다. 대놓고 욕을 하는 것보다 눈앞에서 귓속말을 하니까 기분이 더 나빴다. 잘못한 주제에 마음이 더 사나워졌다.

"나인아, 미안해. 실수였어."

내 말투는 사과하는 사람답지 않게 날이 서 있다.

"실수? 됐어."

나인이가 말했다. 그러더니 그 애 눈길이 휴대폰을 들고 있는 내 오른손에 꽂혔다.

"너 혹시 그 구닥다리 휴대폰 땜에 그랬니?"

"뭐, 구닥다리……."

나도 모르게 휴대폰 든 손을 뒤로 감추었다.

"그래. 구닥다리."

나인이가 얼굴을 일그러뜨리고 이상하게 발음하면서 웃었다. 곁에 있던 나인이 친구들도 따라 웃더니 함께 교실 안으로 들어가 버렸다. 지나가던 아이들이 복도 바닥을 보더니 눈살을 찌푸렸다.

바닥에 흩어져 있는 반찬 쪼가리들을 모아서 잔반통에 담았다. 옆에 있던 미림이가 티슈를 건네주었다. 복도 바닥을 대충 닦고 나자 맥이 풀렸다.

구닥다리 휴대폰이라고? 사실 내 휴대폰은 삼촌에게서 물려받은 구닥다리였다. MP3는커녕 동영상과 카메라 기능도 없는 완전 구형의 골동품. 눈물이 날 것만 같다. 잘난 나인이에게 조롱을 당했기 때문은 아니다. 아니 조롱 따위는 아무것도 아니었다. 구닥다리건, 골동품이건 태우가 문자만 보내 준다면 아무런 문제도 되지 않는다. 내가 기다리는 문자는 단순했다. '응'이라는 한 글자, 그 한 글자면 족했다. 다시 휴대폰을 열어 본다.

너 맘 변했니?
010-xxxx-6982

그래. 변했다. 홍기가 눈앞에 있어 이렇게 말해 줄 수 있다면 얼마나 좋을까. 그런데 딱히 좋아했던 적도 없는데 변했다고 말하려니 그것도 이상하다. 사실은 내 마음을 나도 잘 모르겠다. 좋은 것도 싫은 것도 아니다. 그냥 지워져 버렸으면 좋겠다. 아무 일도 없었던 듯이 기억이 통째로 사라졌으면 좋겠다.

홍기를 안 만난 지 두 달이 넘었다. 그러나 홍기는 계속 나를 따라다닌다. 수시로 보내는 휴대폰의 문자를 통해서다. 같은 학교에 다니는 것도 아니면서 고작해야 다섯 글자의 문자로 나를 얽어매다니. 가슴이 답답해져 온다. 주위에 아무도 없다면 울고 싶다. 한번 울기 시작하면 고장 난 수도꼭지처럼 눈물이 철철 흘러내릴 것만 같다.

"소정아, 너 왜 그래?"

걱정스럽게 물어보는 아이는 미림이었다. 나는 황급히 휴대폰 폴더를 닫았다.

"어, 아냐."

"아니긴. 얼굴이 하얘졌는데?"

"암것도 아니래두."

나는 팔을 붙잡는 미림이를 뿌리쳤다. 그리고 복도를 걷기 시작했다. 문득 홍기의 분홍색 잇몸이 떠올랐다. 느끼하고 비릿한 느낌을 주던 분홍색 잇몸. 거의 뛰다시피 빠르게 걷고 있는데도 그 잇몸이 살갗에 와 닿는 것만 같아 몸을 부르르 떨었다.

홍기에게서 처음 전화가 왔을 때 나는 그 아이를 기억하지 못했다. 전화선을 타고 들려오는 낯선 목소리에는 혀 짧은 소리가 섞여 있었다. 나와 초등학교 3학년 때 같은 반이었고 몇 년 동안 뉴질랜드에 유학을 갔다가 이제 막 돌아왔는데 내 전화번호는 초등학교 앨범에서 알아냈다고 했다.

얼굴도 기억하지 못하는 남학생을 나는 왜 만나러 갔을까? 동창이기 때문에? 아니면 뉴질랜드 유학생에 대한 호기심? 아니 어쩌면 특별한 이유 같은 것은 없었는지도 모르겠다. 남학생이라는 사실만으로도 그 이유는 충분하니까.

홍기는 패스트푸드점의 비좁은 플라스틱 의자에 앉아 있었다. 건들거리며 음악에 맞춰 상체를 까딱까딱 흔들어 대는 학생들 사이에서 테이블 위에 영어책 한 권을 올려놓고 있는 홍기는 눈에 쉽게 띄었다. 책은 그리 두껍지도 얇지도 않았다. 표지에는 『Catcher in the Rye』라고 적혀 있었다. rye? rye가 뭐였지? 하고 있는데 홍기는 나를 향해 손을 흔들었다.

"하나도 안 변했네."

엉거주춤 맞은편 의자에 앉는 나를 향해 홍기는 신기하다는 표정을 지으며 말했다.

"동그란 얼굴이 그때랑 똑같아."

"그러니?"

"응. 키도 그렇고. 별로 안 자랐나 봐."

홍기의 태도는 스스럼이 없었다. 나는 홍기의 그런 태도에 조금 주눅이 들었다. 앉아 있는 시간 내내 주로 이야기를 하는 사람은 홍기였다. 마치 오래전부터 그 애를 만나왔고 이렇게 이야기를 들어왔던 것만 같았다.

"뉴질랜드에서 온 게 지난 8월이야. 처음엔 적응이 잘 안되었지. 도로 나가자고 부모님한테 조를까 하는 생각도 했었어."

"응."

"근데 나 한국에서도 연기 학원 다니느라고 학교도 제대로 못 다녔다. 중학교 1학년까지 여기서 다녔잖아. 그땐 TV 드라마에 단역 배우로 몇 번 나왔는데."

"그랬어? 정말?"

"EBS에서 하던 청소년 드라마 있잖아. 거기 5회, 18회, 23회 이렇게 나왔다. 근데 사실 말하기도 쪽팔려. 내가 화면에 나온 건 몇 초도 안 되니까. 연기 학원 다닌 건 오 년도 더 되는데."

"그래서 뉴질랜드까지 갔다는 거야?"

"뭐 그래서 그런 건 아냐. 울 엄마가 워낙 교육열이 높아서 그런 거지."

"근데 거기 애들 장난 아니라며? 자칫하면 나쁜 길로 빠질 수도 있다더라."

"나쁜 길? 그럼 한국에는 나쁜 길이 없냐? 피차 마찬가지지. 참 재밌는 일 있었다. 친구들하고 몰래 담배 피다 옆집 지붕으로 던졌는데 하필이면 지붕 청소하고 있던 주인 머리에 맞은 거야. 키가 190센티미터도 넘는 백인 남자가 담배꽁초 들고 현관문 앞에

왔을 때 어찌나 놀랐던지."

"너 담배도 피웠어?"

"아, 뭐 한때 그랬다는 거지. 지금은 안 피워. 아니, 사실 가끔 피워."

담배 피우는 애들은 주변에도 더러 있었기에 그다지 놀라지는 않았다. 좀 가까운 사이라면 잔소리라도 했을 텐데 오랜만에 만난 처지에 뭐라 하기도 그랬다.

"근데 너 영어는 잘하겠다."

"아, 뭐 그럭저럭."

"소설책도 이젠 영어로 읽니?"

나는 테이블에 놓인 영어책을 가리키며 물었다.

"아, 이건 폼이야. 이런 거 들고 다니면 엄마가 되게 좋아하거든."

어깨를 으쓱해 보이면서 홍기는 씨익 웃었다. 그 모습이 솔직해 보여 나도 모르게 미소를 지었다.

"거기서는 이렇게 한다."

헤어질 때 홍기는 허그, 하면서 내 어깨를 가볍게 포옹했다. 참, 자연스럽다. 지난 크리스마스에는 그렇게 느꼈다.

도서관 대출 창구는 책을 빌리는 아이들로 북적였다. 오른쪽 서가 앞 책상을 둘러본다. 책을 펼쳐 놓고 자료 조사 숙제를 하는 여자애 둘이 앉아 있다. 서가 사이로 남학생 머리가 얼핏 보인다. 혹시나 하는 생각이 든다. 서가 코너를 돌 때 남학생의 얼굴이 보였다. 태우는 아니었다. 맥이 풀렸다.

도서관은 살아 있다. 태우를 볼 때마다 그런 생각을 했다. 태우가 읽고 있는 책에서 빠져나온 활자들이 내게 말을 걸어온다고 생각했다. 그러나 오늘 도서관은 죽어 있다. 태우가 없는 도서관에서 서가의 책들은 내게 아무 말도 하지 않는다.

굳이 태우를 보고 싶다면 이층으로 내려가 10반 교실에 가 보면 될 것이다. 그러나 나는 도서관 도난방지 시스템 한옆에 비스듬히 서 있다. 태우가 앉아 있던 자리를 향해 멍한 시선을 던진 채 말이다.

이런 것도 관음증일까? 나는 태우의 뒷모습을 엿보곤 했었다. 출입구를 등지고 서가를 향해 앉아 있는 태우의 뒷모습에서는 뭐랄까, 여백이 느껴졌다. 내가 무슨 말을 써 넣어도 좋고 어떤 그림을 그려 넣어도 좋은 여백.

음악이 흘러나온다. 딴따다 단단— 아이들이 도서관에서 나오기 시작했다. 도서관을 빠져나오는 아이들의 발걸음에 점점 속도가 붙고 있었다. 나는 마지못해 교실을 향해 걸음을 뗐다. 복도 중간쯤 왔을 때 수업 시작 시그널이 울렸다.

교실은 어수선했다. 후다닥 교실로 들어오는 아이들과 복도 사물함에 책 가지러 가는 아이들, 뒤늦게 화장실에 다녀오려는 아이들이 뒷문에서 꼬인 실처럼 엉켜 있다. 간신히 내 자리로 가서 앉았다.

탁 탁 탁!

법과 사회 선생님은 들어오자마자 출석부로 교탁을 두드린다.

"조용히 해!"

교탁 두드리는 소리나 선생님의 고함 소리나 교실 안의 소음에 묻혀 잘 들리지도 않았다. 선생님 목의 힘줄이 오늘따라 유난히 더 튀어나와 보인다. 목이 짧아 '목 없는 귀신'이란 별명이 붙은 법과 사회 선생님은 늘 목에 힘을 잔뜩 준 채 걸어 다녔다. 그래서인지 선생님을 보면 괜히 내 목까지 뻣뻣해지는 기분이 들곤 한다. 선생님이 교탁을 세 번째 두드렸을 때에야 교실은 잠잠해졌다.

"자, 며칠 안 남았지? 오늘은 각자 시험공부를 하도록."

선생님 말에 아이들은 잠시 웅성댔다. 각자 공부할 책과 연습장 따위를 꺼내는 소리가 나더니 교실은 차츰 고요해진다. 나는 법과 사회 1단원을 펼쳐 놓았다. 몇 번째 같은 문장을 반복해서 읽고 있다. 두 어절만 넘어가면 어느새 머릿속에는 딴 생각이 펼쳐진다. 연습장을 펼쳐 보았다. 보라색 하이테크 펜으로 꾹꾹 눌러 쓴 깨알 같은 글자들이 튀어나왔다.

당신의 미소는 나비의 날갯짓,

한 송이 붉은 장미,

솟아오르는 물기둥,

저 해변가 백사장에 부서지는 은빛 파도

이것은 내가 한 말이 아니다. 영화 〈일포스티노〉에서 베낀 말이다. 나도 언젠가는 이렇게 멋진 말을 할 수 있을까? 마리오가 사랑하는 베아트리체에게 한 이 말을 받아 적기 위해 비디오를 몇 번이나 리와인드시켰는지 모른다.

노트, 수첩, 그리고 내 일기장에도 똑같은 말이 적혀 있다. 태우가 유난히 보고 싶은 날, 우연히 태우를 보았던 날, 어쩌면 태우도 나를 보았을지 모르겠다고 여겨진 날, 그런 날이면 아무도 모르게 마리오가 했던 말을 옮겨 적곤 했다.

작문 시간에 이 영화를 보았을 때 아이들의 반응은 좋지 않았다. 마리오가 못생기고 가난하다는 이유 때문이었다. 곱슬머리, 까맣게 그을려서 겉늙어 보이는 마리오의 얼굴. 그런 건 내 눈에 들어오지 않았다. 베아트리체에게 말 못하는 마리오의 눈. 그 눈에 담긴 괴로움. 가슴속에서 사랑이 터져 나오려 할 때 마리오는 시인이 되었다.

하지만 나는 두렵다. 좋아하는 마음 때문에 빗방울이 온몸에 박

히는 것같이 아플 때, 지나가는 바람에 한순간 날카롭게 베어지는
것 같을 때, 그럴 때는 무엇을 해야 하나? 보고 싶지만 볼 수 없을
때, 아무리 주위를 맴돌아도 가닿지 못할 때, 처음 보낸 문자의 답
장이 오지 않을 때, 그럴 때는 또 어떻게 해야 하나?

　나도 모르게 한숨이 나온다.

　태우를 처음 본 것은 4월 초의 일이었다. 그날 나는 책을 빌리
기 위해 도서관에 갔었다. 내가 찾는 책은 900번으로 분류된 역사
코너에 속해 있었다. 칸칸이 적혀 있는 청구기호가 980번에 이르
렀을 때였다. 서가 앞에 앉은 남학생의 의자가 길을 막고 있는 것
을 발견했다.

　"의자 좀……."

하고 말을 꺼내는데 그 아이가 고개를 들었다. 나는 그 아이가 주
는 강한 인상에 깜짝 놀랐다. 유난히 하얗던 얼굴, 무슨 생각을 하
는지 짐작이 되지 않는 눈동자, 그리고 선이 분명했던 입술.

　그 아이는 나를 골똘히 바라보더니 의자를 천천히 당겨 주었다.
나는 그 아이가 앉아 있던 의자 뒤를 지나 서가의 첫 번째 칸에서
책을 꺼냈다.

　『뉴질랜드의 역사와 생활』

　하드커버의 무거운 책을 들고 그 아이의 대각선 방향에 앉았다.

책장을 펼쳤지만 십여 분이 지나도록 나는 같은 페이지만 보고 있었다. 예비 시그널이 울리자 그 아이는 읽던 책을 덮었고 860번 대의 외국문학 코너에 가서 책을 꽂았다.

그날 이후 나는 거의 매일 도서관에서 그 아이를 보았다. 어떤 날은 책상의 대각선 방향에서, 어떤 날은 서가 끝에서, 또 어떤 날은 도서관 입구에서 그 아이의 모습을 훔쳐보았다. 내가 반했던 것이 그 아이인지, 아니면 그 아이가 몰입해 있는 분위기인지는 모르겠다. 그 아이가 책에서 눈을 떼지 못하듯이 나는 그 아이에게서 눈을 떼지 못했다.

문태우

연습장에 이렇게 써 놓고 한참을 들여다본다.

나는 너를

이렇게 써 놓고 또 한참을 들여다본다. 나는 너를, 뒤에다 뭐라고 쓸까? 이름과 휴대폰 번호를 처음 알았을 때는 이제 무슨 말이든 할 수 있을 것 같았다. 그 아이가 사서 선생님께 도서 대출카드를 내밀 때 컴퓨터의 액셀 창 위에 21024 문태우라고 적혀 있는 것을 보았을 때는 말이다. 그러나 막상 이름을 알고 나니 그 다음에 무슨 말을 해야 할지 모르겠다.

"소정아, 뭐 해?"

갑자기 미림이가 돌아보며 속삭였다.

"어, 아니야."

나는 얼른 연습장을 팔로 가린다.

"너 또 그 애 생각하지?"

미림이가 혀를 찼다. 미림이는 내가 태우에게 빠져 있는 것을 안다. 미림이는 그런 나를 보고 미쳤다고도 하고, 불쌍하다고도 했다. 그러나 미림이도 나를 이해하는 건지 모른다. 그랬으니 도서반 친구를 통해 태우의 휴대폰 번호까지 알아다 주었겠지. 선생님이 교탁을 탁탁 두드린다. 미림이는 교탁을 향해 눈을 흘겨보이고는 돌렸던 등을 다시 바로 한다. 나는 재빨리 태우의 이름을 지웠다. 나는 너를, 이라는 말도 지웠다. 그리고는 다시 안 볼 것처럼 연습장을 덮었다.

시험공부를 해야겠다. 그러는 게 차라리 덜 괴롭겠다. 나는 법과 사회 책을 들고 읽기 시작한다. 그러나 아무리 애를 써 봐도 책에 있는 글자들이 눈에 들어오지 않았다. 연습장을 다시 펼쳤다.

슥슥슥.

아무렇게나 펜을 놀려 본다. 문득 나무 한 그루가 떠오른다. 수만 송이 꽃이 피어 있는 나무를 그리고 싶다. 아기 손톱처럼 아슴아슴한 연분홍 꽃이 수만 송이 활짝 핀 벚나무를 그리고 싶다. 그날처럼 꽃잎이 눈처럼 날리고 있던 그 순간, 태우가 나를 뚫어지게 보았던 그 순간, 꽃잎이 땅에 떨어질까 조마조마했던 그 순간을 그려 볼 수 있다면.

지난주 토요일 나는 태우의 뒤를 밟았다. 태우는 마을버스 정류장을 지나서 아파트 단지 쪽으로 올라가고 있었다. 무슨 생각인지 골똘히 생각에 빠져 주위에 전혀 신경을 쓰지 않는 눈치였다. 5미터쯤 앞에 두고 한 걸음씩 뒤쫓던 그 심정을 뭐라고 말할 수 있을까. 한편으로는 태우가 나를 볼까 봐 조마조마했고 다른 한편으로는 태우가 끝내 나를 알아보지 못할까 봐 가슴이 아려 왔다.

태우는 딱 한 번 뒤를 돌아보았다. 벚꽃이 활짝 핀 나무 아래에 서였다. 아기 손톱만 한 꽃잎이 하늘하늘 떨어지고 있는 사이로 태우는 내게 시선을 던졌다. 한순간 우리는 눈이 마주친 것 같았다. 태우의 눈길이 내게 쏠리는 것을 느꼈다. 나는 심장이 멎는 줄 알았다. 하지만 너무 짧은 순간이었다. 태우는 곧 아무 일도 아니었다는 듯이 화단 옆 좁은 길로 걸어갔다.

그날 밤 태우에게 문자를 보냈다. 나로서는 엄청난 용기가 필요

했다. 두 시간을 끙끙대면서 수많은 말을 썼다가 지웠다. 세상에 있는 수많은 말 중에 내 마음을 담아낼 말을 찾아내기가 그토록 어려운 일이라는 사실이 놀라웠다. 끓어오르는 마음도 다스리기 어려운데 그 마음을 말로 담아내기는 더 어렵다니. 겨우 짜낸 게 열한 글자의 밋밋한 문장이었다.

너에게 나를 알려도 되겠니?

문자를 보낼 때 나는 다짐했다. 답장이 언제 오든지 상관하지 않겠다고 말이다. 한참을 망설이다 전송 버튼을 누르던 순간, 태우에게 보내는 최초의 말이 하늘로 날아오르는 순간, 그 순간은 얼마나 짜릿했나. 그러나 짜릿한 해방감은 한순간 사라지고 남은 것은 길고 긴 기다림뿐이었다. 기꺼이 감수하겠다고 다짐했던 기다림의 고통은 생각보다 견디기 어려웠다.

옆에서 가늘게 코고는 소리가 들려온다. 내 짝 지형이었다. 지형이는 아까부터 졸고 있었다. 눈을 내리깐 채 멀리서 보면 생각하는 자세로 앉아서 자는 것이 지형이의 능력이었다. 상체를 책상에 바짝 대고 앉은 아이들은 십중팔구 문자를 보내고 있을 것이다. 나도 모르게 책상 서랍 속에 손이 갔다. 마침 휴대폰에 문자가 왔다는 표시가 뜬다. 폴더를 열었다.

다 불어 버린다.

010-××××-6982

홍기였다. 나는 폴더를 닫고 책상에 엎드렸다. 다 불어 버린다니. 같은 학교도 아닌데 어디에다 소문을 내겠다는 건가. 또 소문을 낸다면 뭐 겁낼 줄 아나. 생각은 이렇게 하면서도 마음은 차츰 무거워진다. 홍기가 씨익 웃을 때 보이던 분홍색 잇몸이 자꾸만 떠오른다. 어젯밤 꿈속에서 홍기의 분홍색 잇몸은 나를 꽉 물고는 놔주지 않았다. 그 생각만 하면 온몸이 아프다.

나는 연립주택 입구에 서 있었다. 먼지를 뒤집어 쓴 백열등이 어두침침하게 여겨졌다. 나는 계단을 오르기 시작했다. 하나, 둘, 셋, ……, 열일곱 번째 계단에서 열여덟 번째 계단 사이는 유난히 어두웠다. 그런데 열여덟 번째 계단에 태우가 서 있었다. 나는 그럴 줄 알았다고 안도의 한숨을 내쉬었다. "말해 줘." 나는 태우의 손을 잡았다. "내가 널 좋아해도 되니?" "……." "널 사랑해도 되니?" "……." "열여덟이면 이미 충분한 나이잖아." 태우가 어떤 얼굴을 하고 있는지 알 수 있다면 좋을 텐데. 표정을 살피기엔 너무 어두웠다. 그때 누군가의 얼굴이 불쑥 다가왔다. 그 얼굴은, …… 홍기였다. "그래, 소정아." 홍기의 웃음소리가 들려오더니

어두운 계단 위로 퍼져 나갔다. "열여덟은 사랑하기에 충분한 나이지." 어둠 속에서도 홍기의 분홍색 잇몸이 선명히 보였다. 분홍색 잇몸이 커다랗게 부풀어 오르더니 나를 덮쳐 왔다.

홍기가 연립주택 앞까지 따라왔던 것은 12월 31일 밤이었다. 그날 우리는 밤 열 시부터 안양역 주변을 쏘다녔다. 이제 되었다며 그냥 가라고 했는데도 홍기는 연립주택 1층 현관까지 따라왔다. 현관 앞에 켜져 있는 백열등은 있으나마나 어두웠는데 그 아래에서 홍기가 불쑥 말했다.

"뉴질랜드 있을 때가 떠올라. 거기 있을 땐 한국 친구들이 무척 그리웠어. 근데 막상 오니까 누굴 찾아야 할지 모르겠는 거야. 그래서 옛날 일기장을 읽어 봤어. 중학생이 되기 전까지 썼던 내 일기장엔 온통 네 얘기뿐이더라. 내가 너를 이렇게까지 생각하는 줄은 나도 몰랐어."

홍기의 고백을 듣는 순간 잠시 황홀했다. 누군가 나만을 오랫동안 생각해 왔다는 것은 얼마나 가슴 뛰는 일일까. 자신이 중요한 사람이 된 것 같은 기쁨. 그러나 그런 기쁨은 잠깐이었다. 홍기의 고백은 내게 곧 굴레가 되었다.

그것을 깨닫게 된 것은 DVD 감상실 안에서였다. 겨울방학이 끝나갈 무렵 나는 홍기에게 이끌려 안양역 부근에 있는 DVD방에

갔다. 우리는 여러 개로 나누어진 방 가운데 하나에 들어갔다. 다리 받침대가 붙어 있는 검정색 소파에 홍기와 나는 나란히 앉았다. 커다란 브라운관이 벽면에서 우리를 내려다보고 있었다. 소파는 침대처럼 푹신했다. 영화가 막 시작되려는데 홍기가 나를 불렀다.

"소정아."

"왜?"

홍기는 잠시 뜸을 들였다.

"나 너 좋아한다."

잠시 어색한 침묵이 흘렀다. 홍기한테서 부자연스러운 인기척이 느껴졌다. 그러더니 갑자기 입술에 차가운 감촉이 느껴졌다. 홍기의 잇몸이, 딱딱한 이빨이, 미꾸리처럼 꿈틀대는 혀가 느껴졌다. 가슴이 철렁 내려앉았다.

흐흠, 하고 홍기가 헛기침을 했다.

"너 처음이니?"

홍기가 물었다.

"아, 아니."

나도 모르게 거짓말이 나왔다. 왠지 홍기에게는 그렇게 말해야 할 것만 같았다.

"다행이다. 뉴질랜드에선 이 정돈 아무것도 아니야. 거기선 여자애들이 항상 콘돔을 갖고 다녀."

홍기는 대수롭지 않다는 투로 말했다. 순간 내가 모르는 세계가 눈앞에 펼쳐지는 것만 같았다. 속되고 거침없고 뻔뻔스러운 성인의 세계가 묘한 느낌으로 나를 압박해 왔다. 분홍색 잇몸을 드러내며 홍기가 웃었다.

다 불어 버린다니. 내가 부정한 짓이라도 했나? 나는 홍기의 일기장에 오랫동안 등장한 죄밖에 없다. 출연료도 없이 홍기의 일기장에 나타나 낯선 뉴질랜드 생활에 외로운 홍기의 사춘기를 달래 준 죄밖에 없다. 억울하다는 생각이 든다. 뉴질랜드에서는 여학생들이 콘돔을 갖고 다닌다고? 미안하지만 한국에서는 아직 먼 얘기다. 그나마 홍기의 느닷없는 입맞춤을 밀쳐 내지 않았던 것은 홍기의 고백에 대한 책임감 때문이었다.

차라리 휴대폰을 없애 버릴까? 기다리는 태우 문자는 오지 않고 원치 않는 홍기 문자만 나를 괴롭힌다. 하지만 태우의 문자를 받아볼 때까지는 휴대폰을 없앨 수 없다. 혹시라도 태우의 문자가 올까 봐 전원을 끌 수도 없다.

6교시가 시작되도록 태우의 문자는 오지 않았다. 태우는 왜 문자를 보내지 않는 것일까? 내가 누구인지 알기는 할까? 홍기에게 내가 느끼는 것처럼 너무 달라붙는다고 생각하는 걸까? 아니 문자를 보낼 때 사귀자든가 만나자든가 이렇게 구체적으로 써야 했던 것일까? 이런 저런 생각에 별의별 상상을 다 해 본다.

태우의 손가락이 부러졌다, 태우의 휴대폰이 고장 났다, 태우가 갖고 있는 휴대폰 회사의 기지국이 불탔다. 태우는 내게 보낼 문장을 만들고 있다, 내게 할 말이 너무 많아 문장을 줄이고 있다, 아니, 지난주 토요일 밤에 내가 보낸 문자는 태우에게 아직 도착하지 않았다……

윤리 선생님이 이번 중간고사에는 서술형 문제가 있다고 알려 준다. 주제는 '살아가는 이유'다. 자기 주관을 담아서 논리적으로 서술하면 된다고 했다.

"자, 미리 한번 생각해 봐. 너희는 무엇 때문에 살지?"

"그냥요."

"먹기 위해서요."

"성공하려고요."

"대학 때문에요."

"어쩔 수 없잖아요. 엄마 아빠의 부주의로 태어났는데."

오후 두 시에서 세 시 사이. 아이들의 머리가 잘 돌아가지 않는 시간이었다. 때문에 대답은 대부분 단답형이었고 어떤 아이는 불만이 가득한 얼굴로, 서술형 문제 안 내면 안 돼요? 하고 중얼거리기도 했다.

"더 높은 곳에 오르기 위해서요."

이렇게 말하는 아이는 나인이였다.

"아니, 내려올 걸 뭐 하러 힘들게 올라가?"

지형이가 옆에서 구시렁거렸다. 미림이도 뒤를 돌아보며 한마디 거들었다.

"난 고소공포증이 있어."

"그래, 나인이는 왜 높은 곳에 오르려는 거지?"

윤리 선생님이 나인이에게 물었다.

"오르는 과정 때문이에요. 정상에 도달했다는 사실보다는 그 과정이 우리를 살찌게 한다고 생각해요."

"좋았어."

그러나 윤리 선생님 목소리는 그다지 활기 있어 보이지 않았다. 선생님은 모범적인 답변보다는 구체적인 답변을 원하는 것이다. 그때 문득 윤리 선생님과 눈이 마주쳤다.

"응…… 너! 네가 말해 봐."

아이들은 좌우로 고개를 돌리며 호명 당한 주인공을 찾기에 바빴다. 곧 아이들의 시선이 내게로 쏠리기 시작했다.

"소정아, 너야, 너."

아이들이 나를 쿡쿡 찔렀다. 윤리 선생님은 내 이름을 몰랐다. 그래서 내가 아니라 그 누구여도 좋을 '너', '너'를 반복해서 부를 수밖에 없었다.

"……."

머리가 하얘졌다. 그리고 아무 생각도 떠오르지 않았다.

"너 말이야! 너!"

윤리 선생님이 한 번 더 재촉했다. 그러나 내 고개는 점점 더 수그러들 뿐이었다.

"음. 좋아. 생각이 너무 많아도 말을 할 수 없지."

결국 윤리 선생님은 내 대답 듣는 것을 포기했다. 듣기 좋은 말로 넘어갔지만 달아오른 내 얼굴의 붉은 기운은 가시지 않았다. 선생님은 계속해서 수업을 진행했다.

"나는 이렇게 생각한다. 우리가 사는 이유는 말이지. 그 이유가 뭔지를 알기 위해 사는 거야. 왜, 무엇 때문에 사는지, 인간은 평생 그 질문에 대한 답을 구하면서 사는 거라고 할 수 있지."

선생님이 뭔가 더 말하려고 하는 찰나에 수업 종료를 알리는 시그널 음악이 흘러나왔다. 차렷, 경례 소리가 끝나자 윤리 선생님은 교실에서 나갔다. 휴대폰 폴더를 열어 보았지만 새로 온 문자는 없었다. 청소, 보충, 저녁 식사, 또 보충. 그 시간이 가는 동안 나는 휴대폰 폴더를 40번 이상 열어 보았다. 태우에게 온 문자는 없었다. 홍기가 다시 문자를 보내 온 것은 저녁 식사 후 보충이 시작될 무렵이었다.

너도 좋아했던 거 아냐?

010-xxxx-6982

내가 좋아했다고? 그랬나?

DVD 감상실에서 나온 뒤로 다시 만나지 않았다면 이런 오해는 사지 않았을 텐데. 나는 홍기를 무려 세 번이나 더 만났다. 오기 때문이었다. 그깟 일에 부끄러워하지 않는다는 것을 홍기에게 보여 주고 싶었다. 또 호기심도 발동했다. 홍기는 나보다 아는 것도 많았고 어른처럼 대범해 보이기도 했다. 앞으로 어떤 일이 일어날지 궁금했다. 홍기한테 느껴지는 뉴질랜드의 자유로운 분위기에 감염된 채 내가 갈 수 있는 한 멀리까지 가 보고 싶었다.

공원에서, 극장에서, 그리고 마지막에는 아파트 공사장에서 우리는 만났다. 만날 때마다 홍기는 점점 더 대범해졌고 노골적으로 굴었다. 아파트 공사장 시멘트 바닥에서 홍기와 나뒹굴게 되었을 때, 나는 이제 그만, 하고 온몸으로 홍기를 밀쳐 냈다.

물론 나도 그런 친구들이 주변에 있다는 것을 알고 있다. 미림이가 중학교 동창과 몇 번의 경험을 가졌다는 것도 알고 있고, 여자 친구를 중절수술시키고 나서 괴로워했다는 동아리 선배 이야기를 들은 적도 있다.

그러나 더 이상은 받아들일 수가 없었다. 아파트 공사장 시멘트

바닥에서 내 호기심은 벽에 부딪치고 말았다. 내 몸을 타고 올라 위에서 내려다보며 씨익 웃는 홍기의 분홍색 잇몸을 나는 견딜 수가 없었다.

다음날 그만 만나자고 문자를 보내자 홍기는 특유의 쿨한 태도로 알았다고 했다. 그러나 하루도 안 돼 공격적인 투로 문자를 보내왔다. 가끔 영어로 된 욕지거리도 섞여 있었다. 나는 밤마다 가위에 눌렸다.

자율학습을 하고 있는데 갑자기 방송이 흘러나왔다. 선생님들 회의 때문에 오늘은 자율학습을 일찍 끝낸다는 것이다. 아이들이 와, 함성을 질렀다. 복도 쪽에서도 다른 반에서 질러 대는 함성 소리가 들려왔다. 갑자기 자율학습에서 놓여난 아이들은 흥분의 도가니에 빠졌다. 순식간에 가방을 든 아이들이 복도를 향해 몰려 나갔다. 현관에서 신을 갈아 신는데 등 뒤에서 나인이의 목소리가 들려왔다. 왁자지껄하게 떠드는 것으로 보아 함께 분식집이라도 가려는 모양이었다. 나인이 패거리는 나를 제치고 교문 쪽으로 멀어져 갔다. 곧 다른 패의 아이들이 나를 스치고 지나갔다. 또 다른 아이들도……. 모두들 덩어리로 움직이고 있었다.

본관 건물을 지나는데 깜박, 가로등에 불이 들어온다. 교실에서 늘 내려다보던 가로등이었는데 오늘은 밑에서 올려다보고 있다. 똑같은 사물도 어디에서 보느냐에 따라 다르게 보인다는 생각이 떠올랐다. 밑에서 올려다보는 가로등은 말하자면 더 외로워 보였다.

도서관이 아닌 다른 곳에서 만난다면 태우 또한 다르게 보일까? 어두운 DVD방에 단둘이 남겨진다면, 극장에서 어둠이 두꺼운 휘장처럼 눈앞을 가려 준다면, 아파트 공사장에 시멘트 바닥이 무방비 상태로 놓여 있다면, 태우도 홍기처럼 나쁜 기억으로 남게 될까?

만일 그렇다면 좋아한다는 것은 얼마나 무서운 일일까? 좋아하기 때문에 자신이 감당 못할 상황에 놓이게 된다면 얼마나 무서운 일일까? 좋아하기 때문에 결국엔 나쁜 기억으로 남게 된다면 그것은 얼마나 또 무서운 일일까? 아, 그토록 무서운 일, 그런데도 이 마음을 멈출 수가 없다.

버스 정류장이 오늘따라 멀게 느껴진다. 빗방울이 떨어지고 있다. 마을버스가 구부러진 길 저쪽에서 덜컹거리며 달려오는 것이 보인다. 아이들이 비를 피하며 마을버스를 향해 우르르 몰려들었다. 나는 버스 정류장을 지나쳐 태우가 사라졌던 아파트 단지 쪽을 향해 걸었다. 빗방울이 이마에 선뜻하게 닿는다. 저 앞에 무성한 가지를 드리운 벚나무가 보인다. 꽃이 있던 자리가 가로등 불빛 아래 붉다. 가로등 불빛에 비치는 빗방울이 작은 꽃잎 같다.

마을버스는 한참 만에 왔다. 나는 뒤에서 두 번째 칸에 앉았다. 자리에 앉는데 머리카락에 달려 있던 빗방울이 후드득 떨어진다. 라디오 방송이 흘러나오고 있었다. 덜컹거리는 버스 진동에 디제이의 멘트가 들렸다 말았다 한다.

갑자기 비가 오니까 문득 우리 친구들 지금 어디서 무얼 하고 있는지 궁금해지네요, 지민 씨는 안 그래요? 음, 곧 중간고사가 시작되니까 대부분의 친구들이 공부를 하고 있지 않을까 싶긴 하지만…… 생각해 보면 참 신기한 일 아니에요? 우리는 모두 각자 다른 곳에서 다른 일들을 하고 사는 모르는 사람들인데 하필 오늘 이 시간에 이 라디오 방송을 함께 듣고 있잖아요.

라디오 방송을 함께 듣고 있다고? 혹시 태우도 이 방송을 듣고 있을까? 태우는 무엇을 하고 있을까? 집에 걸어가다가 비를 맞았을까? 그래서 뛰어가고 있을까? 지금쯤 집에서 젖은 머리를 수건으로 말리고 있을까? 나는 버스 차창에 사선으로 그어지는 빗줄기를 보며 태우에 대한 생각에 빠져든다.

정소이 양이 신청하신 에픽하이의 'love love love' 들려 드리겠습니다. 소이 씨? 영어로는 간장이네요.

정거장 안내 방송으로 노래는 잠시 끊겼다가 이어졌다. 마을버스는 학생 두 명과 아저씨 한 명을 내려놓았다. 앞쪽 문으로 이십 대 여자가 올라와서 단말기에 카드를 대자 삐리릭, 전자음이 들려온다.

있나요. 사랑해 본 적? 영화처럼 첫눈에 반해 본 적 전화기를 붙들고 밤 새 본 적 쏟아지는 빗속에서 기다려 본 적 그를 향해 미친 듯이 달려 본 적 몰래 지켜본 적 미쳐 본 적 다 보면서도 못 본 척. 있나요. 이별해 본 적? 빗물에 화장을 지워 내 본 적 긴 생머리를 잘라 내 본 적 끊은 담배를 쥐어 본 적 혹시라도 마주칠까 자릴 피해 본 적 보내지도 못할 편지 적어 본 적 술이 만취 돼서 전화 걸어 본 적 "여보세요" 입이 얼어 본 적

뒷문이 막 닫히려는 순간, 버스에서 뛰어내렸다. 집으로 가려면 두 정거장을 더 가야 하지만 도저히 더 이상은 참을 수 없었다. 빗줄기는 그새 가늘어졌다. 휴대폰을 열어 본다. 새로운 문자는 없다. 나는 걷기 시작했다.

무엇이든 하고 싶다. 태우의 문자가 올 때까지 무엇이든 하고 싶다. 가로수를 붙들고 나뭇가지를 마구 흔들어 대든가, 도로에 뒹구는 깡통을 멀리 차 버리든가. 홍기에게 다시 문자가 온다면 좋아하는 아이가 생겼다고 말해 줄 테다. 그리고 만일 저 앞에 태

우가 서 있다면 미친 듯이 그를 향해 달려갈 테다. 그러나 막상 말을 하려고 하면 입이 얼어 버리겠지.

연립주택 불빛이 보인다. 새로 지은 아파트 건물 가운데 외롭게 남아 있는 연립주택 한 동. 왼쪽 두 번째, 밑에서 세 번째 칸이 우리 집이다. 불이 환하게 밝혀져 있다. 사랑하는 엄마와 아빠가 있는 집 안은 저렇게 밝고 따뜻해 보이는데 내게는 왜 이리 멀고 낯설게만 느껴질까.

차들이 빽빽이 들어찬 주차장을 지나 현관문을 열었다. 현관 입구에 매달린 백열등이 고장 났는지 깜박거린다. 나는 호흡을 가다듬고 계단을 올라가기 시작했다. 하나, 둘…… 열여섯, 열일곱. 막 열여덟을 세려는데 불이 나갔다. 사방이 깜깜했다.

작가 후기

소정아.

일 년 전 어느 날 금방이라도 울 듯한 표정을 짓던 너의 얼굴을 보았다. 그때 너는 휴대폰 쥔 손을 뒤로 숨기고 있었지. 처음에는 안타까웠다. 네가 너무 깊이 빠져들고 있는 것 같아 걱정스러웠다. 시험이 다가오고 있는데. 나이 든 사람으로서 나는 현실적인 우려를 할 수밖에 없었다.

그 무렵 너의 열병은 꽤 오래 갔던 것으로 기억한다. 너를 아는 모든 친구들이 너를 걱정하더구나. 과제도 수행평가도 시험도 그 어느 것도 너에게는 중요한 것 같지 않았다. 그런 너의 모습은 조금 위태로워 보였단다.

너는 점심시간이면 도서관을 기웃거리고, 하굣길의 가로등을 혼자서 올려다보고, 밤거리를 달리는 마을버스에서 차창 밖 풍경을 바라보곤 했지. 이따금 라디오 방송에서 흘러나오는 노래를 흥얼거리면서 말이야. 오랫동안 너는 혼자였다. 그것은 다른 누군가가 아니라 바로 네 스스로가 만든 감옥이었겠지.

네가 앓던 그 열병이 앓아도 좋은 병인가? 가끔 그런 생각을 해 본다. 왜냐하면 네가 '사랑'이라고 여기는 것은 사실은 지독한 감정의 혼돈이기 쉽기 때문이다. 네가 호기심이 없었더라면, 네 감정이 무디었다면, 네가 덜 섬세했다면…… 그러면 너는 좀 덜 힘들지 않았을까.

그러나 소정아.

교실 안에 너희를 밤늦도록 가둬 놓아도, 교복으로 너희들 개성을 꼭꼭 눌러 놓아도, 입시제도라는 강력한 시험대를 앞에 세워 놓아도, 막을 수 없는 것이 있더구나. 너는 여전히 그것을 '사랑'이라고 말하고 싶겠지. 네가 그렇게 부르고 싶다면 나는 굳이 다른 이름을 붙이지는 않겠다.

다만 한 가지, 꼭 말하고 싶은 것이 있다. 네가 연립주택 계단을 오르면서 느닷없이 만났던 캄캄한 어둠 말이다. 그 어둠을 너는 뭐라 생각하니? 상실감, 무기력, 싸늘한 체념과 절망…… 뭐라 생각하든 그 시간을 네가 잘 보냈으면 좋겠구나. 그 시간이 지나간 뒤에 너는 알 수 있을 거다. 가로등을 보는 각도가 위와 아래에만 있는 것이 아니라는 것을 말이다.

아프게 보내고 난 시간 뒤에는 늘 새롭게 눈이 떠진다고 하더구나.

박형숙

1966년 서울 왕십리에서 태어났다. 가슴앓이를 심하게 하면서 사춘기를 보냈다. 등단 십삼 년 만에 창작집 『부치지 않은 편지』 한 권을 냈으니 타고난 과작이다. 지금도 문장 하나 완성하는 일을 태산처럼 여긴다. 삶에 있어서 중요한 것은 두께가 아니라는, 어느 시인의 시구를 좋아한다. 만일 내가 열일곱 살이 된다면, 그럴 수 있다면 하고 생각해 본다. 열일곱은 자기가 얼마나 아름다운 나이인지 모른다. 서울대학교 국어교육학과를 졸업했고 현재 중앙대학교 문예창작학과에서 박사과정을 밟고 있다.

굿 이브닝
식스틴

_ 김이정

내게 주파수를 맞춰 봐_ 1814 ㎒

PM 8:05

세계 인구가 67억인가요? 그 사람들 중에 우리는 대한민국 땅에서,
그것도 지금 이 순간 이 방송을 함께 듣고 있잖아요.
네, 비가 오니 제가 갑자기 너무 감상에 젖었네요.
지민 씨, 생각난 김에 우리 문자 이벤트 한번 해 볼까요?
지금 어디서 무얼 하면서 이 방송 듣고 있는지 각자 문자로 알려 주시면 좋을 것 같은데.

아, 그거 재있겠네요. 그럼 여러분 빨리 문자 보내 주세요.
문자 이용에는 50원의 요금이 부과됩니다. 네, 다음 곡은 조한솔 군이 신청하신
넬의 '기억을 걷는 시간' 들려 드리겠습니다.
한솔? 혹시 여학생일 수도 있겠네요.

네, 내게 주파수를 맞춰 봐 1부가 시작되었습니다.

갑자기 비가 오니까 문득 우리 친구들 지금 어디서 무얼 하고 있는지 궁금해지네요, 지민 씨는 안 그래요? 음, 곧 중간고사가 시작되니까 대부분의 친구들이 공부를 하고 있지 않을까 싶긴 하지만…… 어떤 분들은 학원에서 공부하고 있을 거 같고, 어떤 분들은 독서실에, 또 어떤 분들은 집에서 편한 자세로 누워 있을 수도 있고…… 생각해 보면 참 신기한 일 아니에요? 우리는 모두 각자 다른 곳에서 다른 일들을 하고 사는 모르는 사람들인데 하필 오늘 이 시간에 이 라디오 방송을 함께 듣고 있잖아요. 세계 인구가 67억인가요? 그 사람들 중에 우리는 대한민국 땅에서, 그것도 지금이 순간 이 방송을 함께 듣고 있잖아요. 네, 비가 오니 제가 갑자기 너무 감상에 젖었네요. 지민 씨, 생각난 김에 우리 문자 이벤트 한번 해 볼까요? 지금 어디서 무얼 하면서 이 방송 듣고 있는지 각자 문자로 알려 주시면 좋을 것 같은데.

아, 그거 재밌겠네요. 그럼 여러분 빨리 문자 보내 주세요. 문자 이용에는 50원의 요금이 부과됩니다. 네, 다음 곡은 조한솔 군이 신청하신 넬의 '기억을 걷는 시간' 들려 드리겠습니다. 한솔? 혹시 여학생일 수도 있겠네요.

하는 수 없이 대답은 했지만 지민은 갑자기 대본에도 없는 제안을 하는 은파랑에 대한 불만을 절대 숨기지 않는다. 늘 두 디제이가 티격태격하는 걸 컨셉으로 하는 라디오 음악 프로그램이다. 두 달 전인가, 학원 수업 시간에 몰래 듣다가 신청곡 문자를 보낸 적도 있었다. 디제이들은 싫지만 선곡이 좋아서 가끔 듣는 방송이다.

익숙한 디제이들의 목소리를 낯선 경찰차 안에서 들으니 기분이 묘하다. 꼭 다른 세상에서 들려오는 소리 같다. 저 사람들의 목소리를 들으며 음악을 듣던 때가 언제였던가, 아득하게 느껴지기도 한다. 때와 장소에 따라 이렇게 느낌이 달라진다는 게 신기하다.

저 파출소에서 경찰서로 이송되는 미니버스에서 이 방송 듣고 있어요.

이렇게 문자나 보내 볼까 하는 충동이 생긴다. 디제이들이 당황해서 읽어 줄 것 같지도 않긴 하지만. 어쩌면 장난 문자라고 생각할지도 몰랐다.

경광등이 달린 미니 경찰버스 안에는 나, 혜은이, 정수, 셋이 나란히 앉았고 수진이 혼자 뒷좌석에, 그리고 배불뚝이 경찰은 운전석 옆에 앉아 있다. 학원가에 있는 파출소에서 경찰서로 가는 중이다. 비도 오는데 겁먹은 아이들의 침묵이 부담스러웠는지 운전을 하는 젊은 의경이 라디오를 틀어 놓았다. 오후 내내 기다리던 우린 결국 경찰서로 넘어가게 되었다.

수진이 엄마가 법적으로 하자며 합의를 거부하는 바람에 저녁 무렵 파출소에서 경찰서로 이송이 결정됐다. 드라마나 영화에서처럼 수갑을 차진 않았지만 앞자리의 운전경찰과 호송경찰, 그리고 교복을 입은 여자아이 넷이 앉아 있는 모습이 흔치 않은 장면인 건 확실해 보인다. 꼭 남의 일을 보고 있는 기분이다. 방금 전 어디서 무얼 하는지 궁금해하던 디제이의 멘트를 생각하니 내가 있는 이 자리가 더 낯설고 이상하다. 나는 왜 여기에 앉아 있는 걸까. 어제 이 시간만 해도 오늘 내가 경찰차 안에 앉아 있으리라는 건 짐작도 못한 일이었다.

일이 묘하게 꼬이는 날이 있다. 어제도 그런 날 중의 하루였다. 첫 수업 시작한 지 십 분도 되지 않아 진동이 울린 유근의 문자가 나를 짜증나게 했다.

화장실 앞에서 봤는데 오늘 니 머리 쩐다 쩔어!

4반인 유근은 초등학교 동창이다. 작년 연말 페밀리 레스토랑 상품권이 생겼다며 하도 조르는 바람에 밥 한번 같이 먹어 준 게 무슨 대단한 과거라도 된다는 듯 툭하면 문자를 보내 내 속을 긁었다.

지난주에는 하굣길에 유근과 같은 반인 현미를 만났는데 그 애가 또 엉뚱한 말을 했다.

"너 유근이랑 사귄다며?"

"뭐? 누가 그따위 개소릴 하냐?"

내 말이 너무 서슬 퍼렜는지 현미는 움찔했다.

"아니…… 유근이가 열라 떠들고 다니기에 난……."

다음 날 나는 유근을 학교 앞 공원으로 불러내 앞으로는 절대로 나를 아는 체하지 말라고 경고를 했다. 막상 만나면 내 눈도 제대로 쳐다보지 못하면서 변명을 해 대는 유근은 비겁하게도 늘 내가 보이지 않는 곳에서 내 얘길 하거나 이따위 일방적인 문자질을 해

댄다. 같은 아파트에 사는 데다 우리 엄마와 유근이네 엄마가 늘 쇼핑과 운동을 같이 다니는 탓에 더 심한 말을 참고 있는 걸 그 머저리가 알 턱이 없었다.

즐처드3!

대꾸를 하지 않는 게 상책인 줄 알면서도 화가 나서 답 문자를 보내고 말았다. 아침부터 기분이 확 상했다.

유근의 문자에 이어 4교시 끝나고 예고도 없이 담임이 들어와 복장 검사를 했다. 교복 치맛단이 또 걸렸다. 고모네서 사는 할머니가 줄여 준 치마다. 바느질 솜씨 좋은 할머니는 치마가 너무 꼭 붙는다고 걱정하면서도 내가 흰 초크로 표시한 대로 꼼꼼하게 바느질을 해서 멋진 치마를 만들어 주신다. 어려서부터 무조건 내 편인 할머니가 나는 세상에서 제일 좋다.

헐렁한 치마가 무릎을 덮도록 내려오는 교복이라니. 아무리 마음잡고 그냥 입어 보려 해도 정말 이건 타고난 내 패션 감각이 허락을 하지 않는다. 그래서 품과 단을 줄여 입으면 학교에서는 또 어김없이 걸리고 만다. 나는 지금껏 치맛단을 네 번쯤 줄였다 풀었다를 반복하고 있다. 아, 정말 이 폼 안 나는 교복에서 벗어날 날은 언제일까.

빨리 집에 가서 내 맘에 드는 옷을 입고 싶다. 내 침대 밑에는 엄마 몰래 사 놓은 옷들과 가방, 구두가 있다. 나는 가끔 문을 잠그고 침대 밑에 숨겨 둔 성인용 정장 옷을 입고 전신 거울에 내 모습을 비춰 보곤 한다. 투피스를 입고 구두를 신고 엷은 화장까지 하고서 말이다. 어서 빨리 스무 살이 되고 싶다. 대학을 가든 안 가든 그건 중요하지 않았다. 스무 살이 되면 이 앳돼 보이는 얼굴이 조금은 더 나이 들어 보일 것이고, 이런 옷을 입어도 지금처럼 어색하지 않을 것이고, 그때가 되면 나는 집을 나가 독립을 한 당당한 성인이 될 것이다.

"넌 뭐 때문에 이런 옷이나 구두를 엄마 몰래 사서 이렇게 숨겨 놓는 거니? 이거 입고 도대체 어딜 다니는 거야!"

한 달 전, 엄마는 청소를 하다 침대 밑에서 발견한 투피스와 구두를 들고 흥분했다. 사실 그 옷을 입고 외출을 한 적은 많지 않았다. 답답해서 견딜 수 없을 때, 그것도 겨우 지하철이나 백화점 화장실에서 옷을 갈아입고 그럴듯하게 화장을 한 후 그저 서울 거리를 걸어 다니는 게 다였다. 종로나 명동에 가서 하이힐을 신고 허리를 꼿꼿이 세운 채 걸으며 가끔씩 유리 건물에 내 모습을 비춰 보며 나는 스무 살이 된 내 모습을 상상하는 것이다. 그렇게라도 하고 나면 터질 것 같던 속이 좀 가라앉는 것 같았다. 나는 하루빨리 어른이 되고 싶을 뿐이다.

그때가 되면 이 지겨운 집에서 나가 당당한 독립을 하리라. 나는 이미 지난 방학에도 가까운 라 페스타 거리의 회전초밥 집에서 알바를 해 본 적이 있다. 혼자 살 경우를 대비해 앞으로도 방학만 되면 나는 알바를 할 것이다. 내게 알바란 오로지 이 적막하고 차갑기 그지없는 얼음성에서 벗어날 수 있는 유일한 길이다. 내가 보아도 생뚱맞은 이 옷이 진짜 내 옷처럼 잘 맞는 날엔…… 그때는 이 얼음성에서 벌어지는 엄마와 아빠의 싸늘한 냉전에서 탈출할 수 있겠지.

"학생이 그 손톱이 뭐니? 빨리 지우고 짧게 안 잘라!"

눈에서 불이라도 뿜을 듯이 쳐다보는 아빠의 눈에는 그저 길고 알록달록하게 칠한 내 손톱의 불량함만 보이는 모양이다. 아빠는 내가 왜 이토록 자주 야단을 맞으면서도 손톱을 길러 거기에 알록달록하게 칠을 하는지 아마 단 한 번도 생각해 보지 않았을 것이다.

유난히 가늘고 길쭉해 친구들이 손 모델 나가도 되겠다고 말하는 손은 내 신체 중 가장 자신 있는 곳이다. 나는 그 긴 손톱에 매니큐어 칠하는 걸 좋아한다. 어려서부터 그림 그리기를 좋아했던 나는 손톱을 길게 길러 거기다 그림을 그린다. 흰 매니큐어를 칠한 뒤 그 위에 빨간색이나 연두색, 푸른색 등의 물방울무늬를 그리거나 때론 풍뎅이를 그리기도 하고 활짝 핀 패랭이꽃잎을 그리기도 한다. 학교에서 몇 번 담임에게 걸린 후로는 집에 와서 매일 하루 한 작품씩 만드는 게 어느덧 내 취미생활이 돼 버렸다. 엄마 아빠가 모두 잠든 깊은 밤, 나는 매니큐어 상자를 가져와 공들여 열 손가락에 그림을 그린다. 화가가 그림을 그릴 때의 기분도 그럴까 싶을 만큼 나를 완전히 그 일에 몰입시켜 내 자신을 잊게 만든다. 화가가 캔버스에 그림을 그리듯 나는 단지 손톱에 그림을 그릴 뿐이다. 그 순간의 몰입과 희열을 아빠에게 설명한다는 게 가능할까. 중학교 3학년짜리 여자애의 손톱에 그려진 매니큐어를 타락의 상징쯤으로 생각하는 아빠에게? 물론 결론은 언제나 아니다이다.

언젠가 배낭을 메고 세계를 한 삼 년쯤 돌아다니고 싶은 게 내 꿈이라면 아빠는 분명히 비웃을 것이다. 우선 대학을 간 다음 방학 때 폼 나게 떠나는 게 순서지, 대학도 가지 않고 배낭여행이라니. 학교에서 아이들에게 그 계획을 얘기하면 대부분의 아이들도 그렇게 얘기한다.

"그래서 너 영어 공부 열심히 하는구나."

다른 과목 성적은 대부분 바닥을 기면서도 영어만은 상위권을 유지하는 이유를 의아해했던 아이들은 내 여행보다는 늘 영어 점수에 더 관심이 많았다. 그렇다. 나는 언젠가 떠날 여행을 위해 영어 공부만은 누구보다 열심히 했다. 우선 말은 통해야 어디든 갈 수 있을 것 같아 나는 영어 시간만은 한눈을 팔지 않았다. 필요하다고 생각하니 영어가 너무 재밌어졌다. 이 역시 엄마 아빠의 성으로부터 벗어나기 위한 나의 노력 중 하나다.

이십 분이면 가는 경찰서가 꽤 먼 것처럼 느껴진 것은 라디오 방송 때문인지도 모른다. 노래가 끝나자 은파랑은 자신의 제안이 자랑스러운 듯 신이 나서 문자를 읽어 주었다.

편의점에서 알바하고 있어요. 학원 쉬는 시간이에요. 학교에서 야자해요. 편의점에서 컵라면 먹고 있어요. 또 편의점이네요. 혹시 앞의 분하고 같은 편의점은 아니시겠죠? 피시방에서 친구와 네 시간째 게임 중. 다섯 판 했는데 친구가 세 판 이겼음. 내일 저녁 내기인데 흑흑. 어쩌겠어요, 내일 저녁 사야죠. 퇴근길 버스 안이에요. 사람들한테서 땀 냄새나요. 비 오는 거리 폼 잡고 걷다가 지나가던 버스한테 물벼락 맞았어요. 어제 산 흰 남방인데.

사람들은 모두 어디서 무언가를 하고 있었다. 내가 봄비 오는 이 낯선 경찰서 뒷마당에 내려 주위를 두리번거리듯이.
"청소년과로 가면 되죠?"

아는 얼굴을 만난 배불뚝이가 우리를 눈짓으로 가리키며 인사처럼 말을 건넸다. 비가 오니 스타킹도 신지 않은 혜은의 가는 종아리가 유난히 시려 보인다. 나 역시 교복 블라우스 하나밖에 입지 않은 몸이 으스스하다. 뒷문을 통해 우리는 청소년과라는 팻말이 붙은 곳으로 배불뚝이를 따라갔다.

"금방 뒤따라갈 테니 걱정들 말고 먼저 가 있어."

파출소를 떠날 때 우리에게 슬쩍 다가와 그렁그렁한 눈으로 말하던 정수 아빠는 경찰서 앞마당에 도착했을까. 아니, 그 뒤에서 말도 없이 나를 쳐다보고 있던 엄마와 아빠도 여기 와 있는 걸까. 언제나처럼 엄마 아빠는 각자 다른 차를 타고 왔을지도 모른다. 내가 파출소에 불려와 있다는 연락은 엄마가 아빠에게 직접 했을까. 아니면 늘 그렇듯이 고모에게 전화하게 했을까. 나는 경찰서 뒷마당에서 엉뚱한 걸 궁금해하고 있었다. 서로 직접 말을 하지 않는 두 사람 때문에 주변 사람들이 늘 고생이었다.

할머니를 모시고 고모네와 저녁을 먹으러 나갈 때도 고모는 꼭 엄마와 아빠 두 사람 모두에게 저녁 먹으러 가자는 전화를 따로따로 한다. 아빠한테만 하거나 엄마한테만 말하면 두 사람 모두에게 전달이 되지 않는다. 내가 집에 있을 때는 고모가 내게 전화해 두 사람에게 전하라고 신신당부한다. 어떤 날은 밥 한 끼 먹기 위해 우리 세 사람 모두에게 각기 전화를 할 때도 있다며 고모는 투덜거린다. 그럴 때마다 나는 같이 밥 먹자는 고모가 원망스럽다. 그냥 각자 살게 놔두지, 뭐 하러 밥은 같이 먹는 건지, 억지로 가족의 형태를 유지하고 있는 모습이 정말 지겹다. 물론 그 역시 할머니를 위해서 하는 일이긴 하지만 할머니도 그런 우리 식구를 보며 밥 먹는 게 괴로운 일일 것이다.

경찰서에 오자 파출소에서 했던 지루한 조사가 다시 시작되었다. 이름과 나이부터, 파출소에서 했던 것들을 다시 반복하자니 짜증이 먼저 치민다. 나는 좀 여유가 있는 입장이라서 그런 걸까. 혜은과 정수는 긴장한 탓인지 이름도 더듬거리고 있다. 수진은 따로 여경의 책상 앞으로 가서 고개를 숙인 채 피해자 조사를 받고 있다. 뒷모습이 영락없는 가해자 같다.

"아뇨. 난 절대로 합의 같은 거 못해요. 어떻게 애를 그렇게 때릴 수가 있어요? 그것도 같은 학교 동급생을요. 겨우 열여섯 살짜리 여자애들이 무슨 폭력배도 아니고. 애 좀 보세요. 멍이 시퍼렇잖아요. 얼마나 화가 나는지 어젯밤 한 잠도 못자고 꼬박 세웠어요. 난 이 애들 절대로 용서할 수 없어요. 법으로 할 수 있는 최고의 벌을 받게 할 거예요. 그러니 더 이상 저한테 이런저런 얘기 하지 마세요."

수진이 엄마는 단호했다. 산부인과 의사라는 수진이 엄마는 입고 있는 검정색 원피스보다 더 엄격하고 완강했다. 일생 동안 단한 번도 쓸데없는 짓이라곤 해 보지 않은 사람처럼 보였다. 그런 짓은 처음부터 타고난 유전자를 가진 사람들이나 하는 거라고 생각하고 있을지도 모른다. 그런 수진이 엄마 앞에서 후줄근한 티셔츠 차림의 나이든 정수 아빠와 종일 구겨진 와이셔츠 자국이 선명한 우리 아빠는 죄인처럼 고개를 못 들고 서 있었다. 혜은이 엄마는 아직도 전화 연락이 안 된 모양이었다.

"부모님들과 통화했으니 곧 오실 거다. 그런데 김혜은, 너는 엄마 휴대폰도 안 되고 집 전화도 받지 않는데 어떻게 된 거냐? 설마 번호를 틀리게 가르쳐 준 건 아니지? 말이 자꾸 틀리고 거짓말하면 너희만 점점 불리해져. 사실 그대로 말하지 않으면 어떻게 되는 줄 알지?"

경찰복 상의가 한 뼘쯤 들린 배불뚝이 경찰은 파출소에서부터 혜은이만 물고 늘어졌다. 혜은의 꽉 다문 입술이 비틀어졌다. 당연히 혜은이 엄마는 지금 전화를 받을 수 없을 것이다. 삼 년 전, 파산해 빚을 잔뜩 진 혜은이 아버지가 사라지고 난 후 대형 할인 마트에 나가기 시작한 혜은이 엄마는 이 시간에 한가하게 전화나 받고 있을 형편이 아니다. 마트 일이 열한 시가 넘어야 끝나 집에 오면 열두 시가 다 된다고 했다. 지금도 혜은이 엄마는 마트 한 귀퉁이에서 시식용 부추만두를 프라이팬에 굽고 있을 것이다.

"뭐라 드릴 말씀이 없습니다. 정말 죄송합니다. 하지만 철없는 애들이 뭘 모르고 한 짓이니 한 번만 용서해 주십시오."

아빠의 목소리는 나를 야단치거나 엄마를 비웃을 때와 달리 비굴하리만치 공손했다. 어떡하든 수진이 엄마를 달래 보려 애쓰는 모습이었다.

"모르긴 뭘 몰라요? 아니, 모르는 애들이 그렇게 또래 애들을 패나요? 그건 조폭들이나 하는 짓이지 열여섯 살짜리들이 할 짓이 아니잖아요."

"물론 백번 잘못한 일입니다만 그래도 앞날이 창창한 애들 생각해서라도 제발 한 번만 용서해 주세요. 이 애들이 정말 더 잘못된 곳으로 가길 바라시는 건 아니지 않습니까? 같이 아이 키우는 부모 입장이니 한 번만 너그러이 용서해 주십시오."

정수 아빠가 무릎이라도 꿇을 자세로 수진이 엄마에게 매달렸다. 작년에 다니던 직장에서 해고되고 난 후 종일 바둑 텔레비전만 보는 것 빼곤 아빠에게 불만이 없다고 정수가 말했었다.

"왜요? 나쁜 짓을 했으면 당연히 벌을 받아야지요. 소년원이라도 갈 일이면 가야 하고요."

수진이 엄마의 입에서 소년원이라는 말이 거침없이 튀어나왔다. 상복으로나 어울릴 검정 원피스에 단발머리를 한 수진이 엄마의 성대를 통해 나오는 소년원이라는 단어는 유난히 섬뜩하게 들렸다. 누구도 먼저 함부로 입을 열지 않았지만 모두들 마음속으로 최후의 단어로 숨겨둔 채 두려워하고 있던 말인지도 모른다. 소년 원. 혜은이나 정수 역시 그 말에 긴장했는지 얼굴이 확 굳어졌다. 서슬 퍼런 수진이 엄마의 소년원이라는 말에 아빠와 정수 아빠는 더 이상 아무 말도 하지 못했다. 수진이마저 제 엄마 곁에서 완전히 기가 죽은 얼굴로 고개를 숙이고 있었다. 그 애는 파출소에서 처음 봤을 때부터 제가 도리어 죄인처럼 고개를 숙인 채 우리를 외면하고 있었다. 피해자라며 우리를 고발할 때는 언제고 저렇게 죄인처럼 고개도 들지 못하고 있는 걸까. 물론 제 엄마가 펄펄 뛰며 파출소에 신고했을 것이고 수진은 제 엄마의 서슬에 단 한 마디도 못한 채 끌려온 티가 역력했다. 찌질하기로는 유근이 못지않은 아이다.

사실 일이 이렇게까지 커지리라곤 아무도 생각지 못했다. 어제 저녁 무렵, 나는 모처럼 학원에서 착실히 수업 중이었고, 중간에 비는 삼십 분을 틈타 학원 아래층의 편의점에 내려갔다. 삼각김밥 이나 컵라면이라도 먹을 생각이었다.

집에 일찍 들어가기 싫어 핑계를 대기 위해 다니는 학원이었다. 나는 종합반을 등록하고도 마음 내키는 날만 학원 시간을 다 채우고 툭하면 혜은이나 정수와 어울려 놀기 일쑤였다.

혜은은 빈집에 혼자 있는 걸 죽기보다 싫어했다. 엄마가 돌아오
는 열두 시까지 혼자 집에 있다 보면 세상에 저 혼자 남겨진 것 같
은 기분이 든다고 했다. 그렇다고 종합반을 다니겠다고 학원비 달
라고 할 형편도 아니었다. 혜은이 아빠의 빚을 조금씩이라도 갚다
보니 생활비도 늘 모자라는 처지였다. 혜은은 가끔 단과반이나 독
서실을 끊어 시간을 때우곤 했는데 그보다는 학원 주변을 어슬렁
거리다 아는 얼굴들과 어울려 노는 일이 더 많았다. 어쩌다 편의
점에서 알바를 했지만 눈에 띄는 동안이라 선뜻 일자리를 주는 곳
도 드물었다. 그나마 위안이라면 초등학교부터 혜은과 단짝인 정
수가 늘 함께 있어 준다는 것이다.

"이선화, 너무 열공하는 거 아냐?"

컵라면 코너에서 딱 마주친 혜은이 말투가 삐딱했다. 센 발음을
좋아해 늘 '썬화'라고 부르던 내 이름을 어제는 깎듯이 이선화로
불렀다.

"그러게. 이 언니, 공부에 재미 붙을까 봐 걱정이다."

나는 집었던 컵라면을 도로 제자리에 놓았다. 살살 아프던 배가
컵라면을 집어 드는 순간 통증이 더 심해지는 것 같았다. 벌건 기
름기가 눈앞에 떠올랐다.

"깝치고 있네. 오늘은 끝까지 있을 거냐?"

혜은은 차마 학원을 빼먹으란 소리는 하지 못하고 말을 돌렸다.

"응. 오늘은 속도 안 좋고 학원에나 짱 박혀 있을래."

말을 하면서도 나는 잠깐 망설였다. 평소 같으면 혜은이 이렇게 얘기하면 난 못 이기는 척, 아니, 내가 공부 더 하면 딴 애들 다 죽을 텐데 그만해야지, 하며 가방을 챙겨 나오곤 했다. 하지만 어제는 마음보다 말이 먼저 튀어나와 버렸다. 사실 나는 혜은이와 정수랑 놀고도 싶었다. 학원이야 어차피 안 들어가면 그만이었다. 처음 몇 번 결석할 때마다 집으로 전화를 하던 학원측은 그럼 내가 아예 안 다닐 거라고 큰소리를 친 후론 집으로 전화도 하지 않았다.

"열공 해라."

내 말이 끝나자마자 홱 돌아서는 혜은의 뒷모습이 마음에 걸렸다. 한 번 더 조르지도 않고 돌아서는 혜은. 다른 때는 내가 바쁘다 해도 전혀 티를 내지 않았는데 어제따라 혜은은 서운한 얼굴이었다. 잘 가라고 손을 흔들면서도 마음이 찜찜했다. 순간 나는 혜은을 다시 부를까 갈등했다. 평소 같으면 그냥 같이 놀았을 텐데 이상하게도 어제는 나 역시 그냥 혼자 있고 싶었다. 배가 아프다는 것도 중요한 이유였다. 과민성위염을 앓는 나는 툭하면 배가 아프고 속이 쓰렸다. 잠시 고민하는 사이 혜은은 어느새 내 시야에서 사라져 버렸다. 나는 그제야 하는 수 없이 컵라면 대신 바나나 우유와 삼각김밥을 골라들었다. 그때였다.

"뭘 꼴아 봐?"

유리를 가르는 듯한 여자 목소리가 들렸다. 편의점 입구 쪽이었다. 나는 급히 소리가 나는 쪽으로 다가갔다. 혜은이었다. 편의점을 나가려는 정수와 혜은의 맞은편에 한 여자아이가 엉거주춤 서 있었다. 아는 얼굴이었다. 수진이라고, 같은 학교여서 얼굴과 이름 정도는 알지만 말 한번 제대로 붙여 본 적 없는 아이였다.

"빙신 같은 게 어쩌다 돈 많은 집안에 태어나 잘난 척은. 정말 왕재수야!"

언젠가 혜은과 정수와 같이 학교 앞 공원에서 아이스크림을 먹고 있는데 수진이 아는 척도 안 하고 우리 앞을 지나가자 혜은이 침을 뱉으며 그 애를 씹은 적이 있었다. 수진은 혜은, 정수와 같은 초등학교를 졸업한 사이였지만 워낙 노는 물이 달라 서로 외면하는 듯했다.

수진은 도무지 얼뜨고 촌스럽기 그지없지만 공부 하나는 잘해 외고 준비반에 다니는 모양이었다. 학교서도 늘 혼자였는데 편의점에서도 혼자 컵라면을 먹는 걸 여러 번 봤다. 오로지 공부에 목숨을 걸고 있는 것처럼 보여 나 역시 말을 건네고 싶은 마음이 나지 않는 아이였다.

"그렇게 꼴아 보면 어쩔 건데? 안 비키냐!"

뒤에 서 있던 정수가 수진을 밀치기라도 할 태세였다. 혜은과 정수가 나가다 막 편의점으로 들어오는 수진과 문에서 부딪친 모양이었다. 혜은의 이마와 수진의 어깨가 부딪친 듯 각기 어깨와 이마를 잡고 서 있었다. 그때였다.

"양아치 같은 년들!"

수진의 입에서 낮은 중얼거림이 새 나왔다.

놀란 것은 나만 아니라 혜은과 정수 모두 마찬가지였다. 늘 혼자 다니면서 빌빌하던 아이 입에서 나온 말이라곤 믿어지지 않았다. 혜은의 미간이 바짝 좁혀졌다.

"너, 이리 나와."

혜은의 목소리가 동굴 속처럼 서늘했다.

일은 순식간에 벌어졌다. 공원 한 구석으로 간 셋은 어느새 서로 엉겨 붙어 있었다. 혜은과 정수가 수진을 때리고 있었고 수진도 질세라 정수의 머리채를 잡고 있었다. 나는 갑작스런 상황에 당황해 어쩔 줄 몰랐다.

"그만들 해!"

있는 힘껏 소리 질렀지만 내 말은 무력했다. 아이들은 들은 척도 않고 엉겨 붙었다. 어쩌면 그 순간 무력한 내 외침은 혜은을 향한 사과였는지도 몰랐다. 그래, 미안해. 아까 너랑 같이 있었어야 했는데…… 미안해. 네 마음을 몰랐어. 아니, 알고도 외면했어. 걷

잡을 수 없이 폭발하는 혜은을 보며 마음속으로 나는 거듭 사과했다. 정수와 혜은, 수진의 2:1 싸움은 일방적으로 수진이 몰리고 있었다. 나는 엉겨 붙어 있는 아이들 속으로 몸을 던졌다. 누군가의 손아귀가 내 머리채를 잡았다.

수진이 끝내 울음을 터트리고 자리를 떠나자 우리 셋은 지친 몸으로 공원 벤치에 앉았다. 서로 뒤엉킨 몸을 떼 내느라 나는 혜은한테도 어깨를 한 대 얻어맞았고 수진한테도 목을 할퀴었다. 혜은이 꺼낸 담배 한 대를 셋이서 나눠 피웠다. 기관지가 약한 나는 어김없이 또 기침을 터트렸다. 표정을 숨겨 주는 연기가 좋아 피고 싶은데 담배만 피면 목이 컬컬해지고 기침이 나와 가끔 혜은, 정수가 피울 때만 한 대씩 얻어 피웠다. 엄마 아빠가 알면 기겁할 걸 생각하니 담배 맛이 더 짜릿했다.

"아까 아빠한테서 전화가 왔어……. 잘 있다고만 했어. 다시 연락할 때까지 엄마랑 잘 지내래. 어디냐고 물어도 대답도 없이……. 발신 표시도 안 뜨는 전화였어."

실종 신고까지 했던 혜은이 아빠한테서 삼 년 만에 처음으로 전화가 온 모양이었다. 알아볼 만한 곳은 한군데도 빼놓지 않고 다 연락해 봤지만 혜은이 아빠는 도무지 찾을 수가 없었다. 혹 죽은 건 아닐까, 혜은이 가끔 아이답지 않은 한숨을 쉬며, 그럴지도 모른다고 했었다.

"그랬구나……."

나는 헝클어진 혜은의 머리카락을 손가락으로 빗어 주었다. 수진이 잡아당겨 빠진 머리카락이 제법 손바닥에 뭉쳐졌다. 몇 번의 빗질에 가늘고 매끄러운 머릿결은 금세 가지런해져서 손가락 사이로 비단처럼 미끄러졌다.

"아, 씨팔!"

평소 말이 없는 정수가 부은 입으로 한마디 내뱉었다.

아홉 시가 넘어서야 혜은이 엄마하고 겨우 통화가 된 모양이었다. 갑자기 임무 교대가 어려운지 늦게 나올 거 같다고 경찰이 전해 줬다. 가장 혐의가 무거운 혜은이 엄마가 와야 제대로 합의를 할 수 있다고 했다. 물론 수진이 엄마는 여전히 합의 같은 건 어림도 없다고 버티고 있는 모양이지만. 수진이 엄마는 경찰서에 온 후론 얼굴도 볼 수 없다. 수진이만 주눅 든 얼굴로 진술을 하는 걸 잠깐 봤다. 수진이라고 결코 유쾌한 일은 아닌 것이다.

나는 무혐의가 인정되었다. 혜은이, 정수의 진술과 수진이의 진술이 일치하는 모양이다. 파출소에 와 있다는 사실만으로 기가 꺾이긴 했지만 그래도 내가 수진을 직접 때리지는 않았기 때문에 나는 사실 처음부터 여유가 있었다. 하지만 혜은과 정수의 친구로 그 자리에 있었다는 사실만으로 수진의 엄마가 낸 고소장에 내 이름도 포함돼 있어 복잡한 확인 절차를 거쳐야만 풀려날 수 있다고 했다. 수진이 엄마가 워낙 완강하기 때문에 아빠와 엄마는 혹시 또 몰라 생전 처음 불려 온 파출소에서처럼 경찰서에서도 바위처럼 딱딱한 얼굴로 초조하게 기다리고 있다.

"정말 대단하다. 덕분에 파출소까지 와 보니 참."

엄마는 기가 막힌지, 파출소에서 내게 한마디 한 후론 입을 다물고 있었다. 곧이어 달려온 아빠에게 모든 일들을 미루고 뒷전에 앉아 기다렸다. 엄마 아빠는 여전히 구겨진 자신들의 체면과 수진이 엄마 앞에서 죄인처럼 머리를 조아리게 만든 나에 대한 분노로 복잡한 얼굴이었다. 그런 엄마와 아빠를 볼 때면 나는 두려운 마음 한편으로 차라리 내 무혐의가 인정되지 않고 수진이 엄마 바람대로 소년원으로 가 버렸으면 하는 마음이 되기도 했다. 정말 그렇게 됐을 때 엄마와 아빠 얼굴을 보고 싶다는 난폭한 충동이 일었다.

도대체 저 두 사람에게 나는 어떤 존재일까? 나는 가끔씩 토요일과 일요일, 주말을 지나면서도 서로 자기 방에서 꼼짝도 하지 않고 TV를 보거나 인터넷쇼핑을 하다가 말 한마디 없이 각자 밥을 차려 먹고 각자 운동을 하는 엄마와 아빠를 보며 새삼 생각해 보곤 했다. 접착제? 남루한 벽을 칠해 주는 페인트? 아님 그 남루한 벽을 더 초라하게 만드는 품질 불량의 애물단지?

초등학교까지만 해도 엄마와 아빠의 불화가 내 탓인 줄 알고 뭐든 잘하고 싶었다. 학교도 가기 싫지만 빠지지 않았고 하기 싫은 공부도 엄마 아빠가 좋아한다는 이유만으로 학교에서 돌아오면 먼저 숙제를 끝내고 나가 놀았다. 내가 그렇게 하면 엄마와 아빠의 사이가 다시 좋아질 줄 알았다.

하지만 그런 기대는 중학교에 오면서 깨져 버렸다. 나는 그저 막연히 중학생이 되면 무언가 달라져 있겠지 생각했었다. 하지만 중학생이 되어도 달라지는 건 아무것도 없다는 걸 나는 어느 날 문득 깨달았다. 시간이 갈수록 엄마와 아빠는 서로 더 말이 없어졌고 나는 그런 부모들에게 지쳐 버려서 내 맘대로 살기로 작정했다. 아니, 어떻게 하든지 그들을 괴롭히고 상처를 주고 싶다는 마음이 들었다. 아니, 사실은 나도 잘 모르겠다. 잘해 보고 싶다는 마음과 괴롭히고 싶다는 마음이 뒤섞여서 어떤 게 정확한 내 마음인지도 잘 모를 때면 나는 정장을 입고 서울로 가서 거리를 쏘다니거나 혜은과 정수를 만나 피시방에서 하루 종일 게임을 했다. 여자아이들은 거의 하지 않는 스타크레프트 베틀넷을 나는 어떤 남자아이보다 잘했다. 게임에 집중하다 보면 엄마 아빠를 다 잊어버리고 다른 세상에 살고 있는 것 같은 기분이 들었다. 게임은 내 자신마저 잊게 해 줄 때가 많았다.

　나는 열한 시가 다 돼서야 풀려났다. 그때까지도 혜은이 엄마는 도착하지 못했다. 수진이 엄마는 나를 풀어 주는 게 못내 아쉬운지 마지못해 고소장에서 내 이름을 빼는 데 동의했다고 한다. 물론 미안하다는 말 따위는 하지 않았다.
　미안하다는 말은 혜은의 입에서 나왔다. 내가 청소년과에서 마지막으로 지장을 찍고 수진과 서너 걸음 떨어져 나올 때 나무 벤치에 나란히 정수와 앉아 있던 혜은이 연기가 잔뜩 낀 목소리로 말했다.
　"미안해. 나 때문에⋯⋯."
　가슴속에서 짜낸 즙처럼 진하고 씁쓰름한 목소리였다.
　"나만 나가서⋯⋯ 미안해."
　그렇잖아도 혜은과 정수를 두고 나오는 게 발목에 모래주머니를 매단 것처럼 무겁기만 한데 느닷없는 혜은의 말은 내 눈에 고여 있던 눈물방울을 끝내 넘치게 했다.
　"곧 나오게 될 거야."
　나는 혜은과 정수의 손을 잡고 겨우 한마디를 한 후 도망치듯 발길을 돌렸다. 더 있다간 끌어안고 통곡이라도 하게 될 것만 같았다. 내게 길을 막힌 수진도 머뭇거리며 서 있기만 했다.

"수진아, 미안하다. 그냥 네가 재수 없게 잘못 걸린 것뿐이야."

생각지도 못한 말이 혜은의 입에서 튀어나왔다. 같이 파출소에 올 때만 해도 멍청한 것이 제 엄마한테 꼼짝 못하고 일을 이 지경으로 만들었다고 화를 냈던 혜은이 갑자기 수진에게 사과를 했다.

"어?"

갑작스런 혜은의 사과에 수진이 더 당황했다. 그냥 무시하고 지나치려던 발이 덫에라도 걸린 듯 꼼짝도 못한 채 서 있었다. 노루 눈 같은 눈동자가 불안정하게 흔들렸다.

"나도 뭐 잘 한거 없는데······."

수진이 흔들리는 눈을 애써 붙잡으며 모기 소리 같은 목소리로 대답했다. 그러자 갑자기 나 역시 그런 수진이 가엾어졌다. 수진이는 또 얼마나 무서웠을까. 이 아이도 나와 다름없는, 이제 겨우 열여섯 살 아이일 뿐인데. 혜인과 정수, 수진이까지 모두 다 눈이 그렁그렁해진다. 나는 곧 울음이 터질 것 같아 서둘러 그 자리를 빠져나왔다.

"그나마 지금이라도 풀려난 걸 운이 좋았다고 생각해야지, 네가 지금 남 생각할 때냐?"

아빠가 경찰서 마당에서 끝내 울음을 터트려 버린 내게 혀를 차며 한마디 던졌다. 겨우 빠져나온 경찰서 건물을 아빠는 진저리치며 쳐다본 후 뒤돌아섰다.

"그러게 친구를 잘 사귀어야지. 어째 애들이 하나같이 다 그 모양이니……."

엄마도 오래 참았던 말을 끝내 삼키지 못하고 뱉어 냈다. 모처럼 부부가 의기투합한 듯 내가 그 무리에 있을 땐 차마 하지 못했던 말을 내가 빠져나오자마자 쏟아냈다. 엄마 아빠는 내가 그 애들과 입장이 다르다는 거 하나로 위안을 삼으며 저녁 내내 경찰서에서 다른 사람들의 시선을 견뎠을지도 몰랐다. 사실 그건 나 역시 마찬가지였다. 내가 직접 수진을 때리지 않았다는 사실 하나로 나는 얼마나 당당하게 버티고 있었던가. 내 눈물은 그런 비겁한 자신에 대해, 그리고 혜은과 정수, 수진에게까지 뒤늦게 보내는 미안함인지도 몰랐다.

"설마 끝까지 버티기야 하겠냐. 화가 나니까 혼내 주려는 거겠지. 혜은이 엄마 오면 경찰도 잘 얘기해 본다고 했어. 다들 애 키우는 사람들인데…… 내 아이 귀하면 남의 아이도 귀한 법인데."

운전대에 앉아 시동을 켜던 아빠가 선심이라도 쓰듯 한마디를 보탠다. 내 눈물이 좀처럼 멈추지 않은 탓인지도 몰랐다. 오후 내내 시멘트 마스크라도 씌운 듯 긴장해 있던 아빠 얼굴도 어지간히 풀려 있다. 어느새 반백이 돼 버린 쉰 살의 어깨가 굽은 남자. 나는 새삼 아빠의 옆모습을 쳐다보다가 문득 시선을 돌려 엄마를 바라보았다. 여전히 조수석은 내게 미루고 뒷자리에 혼자 앉아 있는 엄마. 내 돌 사진 속에서 나를 안고 함박꽃처럼 환하게 웃던 엄마 얼굴은 윤기가 빠져 칙칙하고 만지면 손에 먼지라도 묻을 듯 푸석하다. 두 개의 외로운 섬처럼 앉아 있는 두 사람 사이에 정확한 간격으로 또 하나의 꼭짓점을 이루고 있는 나. 새삼 나는 그 두 사람이 불쌍해진다. 엄마 아빠는 어쩌다 이 지경이 돼 버린 걸까. 어디서부터 잘못된 것인지 나는 알지 못한다. 언젠가부터 두 사람은 각기 다른 섬처럼 나뉘어져 있었다. 나는 그 두 개의 섬 사이에 걸려 있는 위태로운 다리인 걸까.

차는 지하철역을 지나고 호수공원 근처 정류장에서 신호를 기다리고 있다. 공원 안은 이미 불이 꺼져 캄캄하다. 가끔 적막한 집 안이 견딜 수 없을 때 나는 이어폰을 끼고 불 꺼진 호수공원을 혼자 걷기도 했다. 차 안의 군센 침묵을 견디지 못한 나는 라디오를 켠다. 시계를 보니 경찰서로 갈 때 들었던 방송은 끝난 지 이미 오래고 심야 방송이 시작된 시각이었다. 나는 급히 라디오 채널을 돌린다. 내가 좋아하는 디제이 유의 목소리가 흘러나온다. 하루 중 내가 제일 좋아하는 시간이다. 매일 밤 숨겨 둔 남자 친구라도 만나듯 나는 그가 틀어 주는 음악을 듣고 그가 해 주는 이야기를 들으며 잠이 들곤 한다.

네, 첫 곡은 토이의 '오늘 서울은 하루 종일 맑음' 이었습니다. 여러분의 오늘 하루는 어떠셨나요?

그의 목소리를 들으니 비로소 낯선 곳에서 다시 내 자리로 돌아온 실감이 난다. 순간 갑자기 뱃속에서 꼬르륵, 소리가 난다. 종일 돌처럼 단단했던 위도 긴장이 풀린 건지 어지간히 헐렁해진 것 같다.

"배고파. 어디 가서 저녁 좀 먹고 가면 안 돼?"

나는 갑자기 두 사람 중 누구에게랄 것도 없이 공평하게 앞을 보고 얘기한다. 위산이 역류하는지 속이 쓰리다.

"그러고 보니 종일 굶었네."

엄마가 오래 닫혀 있던 문을 열듯 메마른 목소리로 중얼거린다.

"어, 그래?"

당황한 아빠가 갑자기 사거리 앞에서 좌회전 차선으로 급히 이동했다.

"그럼 뭐 좀 먹고 갈까. 두부집 아직 문 연 데 있을까? 우리 선화공주 출소 기념으로 두부 먹여야 되는데."

여전히 굳은 얼굴을 미처 다 풀지 못한 아빠가 썰렁한 농담을 던진다. 하여튼 아빠는 어쩌다 농담이라고 하면 꼭 썰렁해지는 데는 선수다. 그래도 아빠가 나를 선화공주라고 부른 게 얼마 만인가.

"우리 선화공주 오늘도 밥 많이 먹었나 보자!"

오래 전 엄마와 아빠가 사이좋았던 때, 아빠는 퇴근해 올 때마다 현관 앞에서 나를 안고 볼록한 배를 만지며 뽀뽀를 해 주곤 했다. 그때의 아빠는 내가 밥 많이 먹는 걸 제일 좋아했다. 촌스럽게 이름이 선화가 뭐냐고 내가 항의할 때도 신라의 공주인데 얼마나 예뻤으면 백제 임금이 짝사랑을 해 결국 자신의 왕비로 삼았겠냐며, 영광인 줄 알라고 윽박질렀다. 나는 갑자기 참을 수 없이 몰려오는 허기에 급하게 배를 문질렀다. 두부든, 국밥이든, 배고픈 나는 뭐든지 맛있게 먹을 수 있을 것 같다. 아니, 모처럼 우리 세 식구만의 식사인데 메뉴가 무슨 상관이란 말인가. 아빠는 사거리에서 재빨리 왔던 길로 다시 유턴을 한다. 늦긴 했지만 문을 연 식당을 찾는 것은 어렵지 않을 것이다. 화려하게 불 밝힌 간판들이 저마다 두 손을 들고 아우성치고 있는 것 같다. 길고 긴 나의 하루가 끝나 가고 있었다.

작가 후 기

열여섯 살, 아빠가 갑자기 죽었습니다. 중학교 3학년이던 가을날 새벽, 나는 아빠가 있는 병원 영안실에 갔다가 현관 앞에서 엄마에게 쫓겨나야 했습니다. 나한테 연락하지 말라고 한 걸 누군가 모르고 전화를 한 탓입니다. 엄마는 고입 체력장 시험을 보고 오라며 나를 돌려세웠습니다. 나는 울면서 혼자 버스를 타고 학교로 갔습니다. 그날 나는 속으로 아빠를 부르며 미친 듯이 달렸습니다. 이십 초를 넘던 100미터 달리기의 기록이 삼 초 정도 단축되었고, 늘 발 앞에 떨어지던 멀리던지기도 몇 발짝 더 나갔습니다. 반 꼴찌이던 내 체력장 점수가 제법 올랐습니다. 나는 아빠가 도와주었다고 믿었습니다. 아빠는 이미 저 하늘에 있으니 나를 지켜보다가 내 손을 잡고 달렸을 거라고. 그 후로 지금까지 나는 어렵고 힘든 일이 있을 때마다 하늘에 있는 아빠를 불러 도와 달라고 말합니다. 그럴 때마다 아빠는 어김없이 나를 안아 주었고 그 힘으로 나는 오늘도 살아갑니다.

아빠와 엄마가 옆에 있지만 같이 뛰어 달라고, 안아 달라고 말할 수 없는 아이들을 볼 때마다 마음이 저립니다. 아니, 가끔은 아빠와 엄마의 짐까지 떠안은 채 춥게 울고 있는 아이들도 봅니다. 그럴 때마다 나는 말해 주고 싶었습니다. 네 탓이 아니라고. 네 잘못이 아니라고. 모두 잘난 척하는 어른들 탓이라고. 그런데 그 어른들도 사실은 너희만큼 춥고 무서운데 그걸 어떻게 해야 하는지 몰라서 너희를 울리고 있는 것뿐이라고. 속으론 너희를 안고 있으면서 겉으로 팔을 내밀지 못하는 것뿐이라고. 어쩌면 비겁하게도 너희가 먼저 안아 주기를 기다리고 있는지도 모른다고. 그런 말들을 혼자 중얼거리다 보면 또 겁이 납니다. 내 아이도 어디선가 춥고 무서워 울고 있지 않을까 겁이 납니다.

그 아이들을 한 번쯤 안아 주고 싶었습니다. 지금 어디서 무얼 하고 있는지 궁금한 내 아이와 춥고 무섭고 겁먹은 아이들을, 비록 품은 좁고 팔도 가늘지만, 내 품에 안아 보고 싶었습니다. 아니, 어쩌면 그 아이들의 품에 내가 안겨 보고 싶었는지도 모릅니다. 그래서 서로의 가슴에서 뛰는 심장 소리를 듣고 싶고, 들려 주고 싶었습니다.

언젠가 내가 하늘에 가고 나면, 내 아이가 달리기에서 힘이 부칠 때 도와 달라고 나를 부를까요? 부디 그랬으면 좋겠습니다. 그리고 여러분도 옆에 있는, 혹은 멀리 있는 엄마, 아빠를 불러 보세요. 그들도 여러분이 불러 주길 기다리고 있을지 모르니까요.

김이정

산으로 둘러싸인 경상북도에서 태어나 외국처럼 낯설던 제주도와 저녁이면 온 하늘이 홍시처럼 붉어지는 충청도 바닷가를 두루 뛰어다니며 자란 것을 큰 축복으로 생각한다. 서울에 올라온 후, 더 이상 뛰어놀 데가 없어 들어간 마을문고에서 계몽사 소년소녀세계문학전집을 보며 세상에는 아이들만을 위한 책도 있다는 걸 처음 알았다. 그 책들을 읽으며 내가 커서 작가가 될 거란 생각은 꿈에도 하지 않았는데 어느 날 나는 소설을 쓰는 사람이 되었다. 어른들을 위한 소설을 주로 쓰는데 이번에 처음으로 내 아들이 막 통과한, 청소년들을 위한 소설을 쓰게 돼 무척 뿌듯하다. 소설을 쓰고 나니 신기하게도 그 또래 아이들과 친구가 된 기분이다.

그가 떨어뜨린 것

_이경혜

내게 주파수를 맞춰 봐_1814 MHz

PM 8:23

편의점에서 알바하고 있어요. 학원 쉬는 시간이에요. 학교에서 야자해요.
편의점에서 컵라면 먹고 있어요. 또 편의점이네요. 혹시 앞의 분하고 같은 편의점은 아니시겠죠?
피시방에서 친구와 네 시간째 게임 중. 다섯 판 했는데 친구가 세 판 이겼음. 내일 저녁내기인데 흑흑.
어쩌겠어요, 내일 저녁 사야죠. 퇴근길 버스 안이에요. 사람들한테서 땀 냄새나요.
비 오는 거리 폼 잡고 걷다가 지나가던 버스한테 물세례 받았어요. 어제 산 흰 남방인데.

지금 옥상에서 한 발을 내딛고 있어요. 어떻게 할까 고민 중입니다. 죽느냐 사느냐?

허공으로 발을 내딛는 순간, 나는 후회했다.

K, 그 짧은 순간 내게 든 생각은 오직 한 가지였다. 단 몇 초 전으로만 시간을 돌리고 싶다는 것. 이미 저질러진 일, 그것도 절대 돌이킬 수 없는 일 앞에서 스스로를 물어뜯고 싶을 만큼 증오하게 되는 것. 그게 바로 후회겠지.

그래, K, 그 순간은 공포도 고통도 들어설 여지가 없었다. 어쩌면 그 후회가 나를 살렸을까? 그 지극히 짧은 순간의 망설임이? 내 몸을 아파트 화단의 은행나무 가지 위에 잠시라도 걸리게 한 힘은 결국 그거였을까?

물론 그 나뭇가지들이 67킬로그램의 내 몸을 지탱해 내지는 못했다. 그렇더라도 질주해 땅으로 떨어지던 내 몸은 멈칫했고, 무엇보다도 박살나면 끝장인 머리통이 아니라 부러져도 붙일 수 있는 다리가 먼저 땅에 닿았다. 내 두 다리는 다 부러졌지만 나는 목숨을 건졌다. K, 놀랐냐? 그게 바로 일주일 전의 일이다.

"형, 형은 여자 친구 있어요?"

"없어."

간병을 하던 부모들이 식사하러 밖으로 나가자, 늘 그랬듯이 옆 병상의 용진이 얼른 이어폰을 빼고 윤호에게 물어 대기 시작한다.

"고등학교 가면 선배들이 무섭다던데 형네 학교도 그래요?"

"그래."

"그럼 형네 학교에도 일진이 있겠네요?"

"있어."

윤호가 아무리 무뚝뚝하게 잘라 대답해도 용진은 아랑곳하지 않는다. 윤호에게는 어지간히 성가신 아이다. 작년 여름에 교통사고로 허리부터 골반, 다리까지 작살이 나서 지금 8개월째 입원중인 용진은 이런저런 수술을 계속 받고 있지만 앞으로도 어떻게 될지 알 수 없는 상태다. 온몸을 단단한 석고 덩어리로 깁스를 하고 있어서 꼼짝도 못한 채 똥오줌까지 받아 내는 형편이고, 반신불수가 될 확률도 크다고 한다. 그런데도 철이 없어서 그런지, 뭘 몰라서 그런지 용진은 늘 태평이다. 중3 때 사고를 당한 거라 용진의 친구들은 다 고등학생이 되었다. 그런 탓에 고3인 윤호가 들어오자 고등학생의 삶에 대해 온갖 질문을 끝없이 퍼붓는 것이다. 가엾은 생각이 안 드는 건 아니지만 윤호는 용진이 들러붙는 게 여간 귀찮지 않다. 만약 용진이 윤호의 자살 시도 사실까지 알았다면 그 호기심은 몇 배로 더 극성스러워졌으리라.

다행히도 윤호의 부모는 그 사실을 깨끗이 숨겼다. 윤호는 유리창을 닦다 잘못해서 떨어진 사고 환자로 처리되었다. 학교도 아니고, 집에서 유리창을 닦다니, 공부한다는 이유로 손수건 한 장 직접 빨지 못하게 하는 어머니가 만들어 낸 이유치고는 어설프기 짝이 없다.

"형, 형은 무슨 대학 가고 싶어요?"

"몰라."

"난 서울에 있는 대학 말고 지방 대학에 가고 싶어요. 기숙사가 있는 곳이요. 이왕이면 명문대학의 분교면 더 좋고요. 기숙사 생활을 꼭 하고 싶거든요."

"누가 물어봤냐고?"

딱 자르는 윤호의 말에 용진도 민망한지 혼자 쿡쿡 웃는다. 속없는 자식, 윤호의 입에서 절로 그런 말이 뱉어지지만 용진의 신경줄 하나 건드리지 못한다.

"근데 형 친구들은 왜 안 찾아와요?"

"……."

"난 처음 입원했을 땐 친구들이 다 찾아왔어요. 인기 캡이었어요. 여자애들까지 왕창 왔거든요. 무슨 연예인 같았어요. 이거 다 그때 친구들이 써 준 거예요!"

그러면서 용진은 얼른 배 위에 놓여 있던 노트북을 옆으로 밀친다. 깁스 위에는 검고, 붉은 글씨들로 빨리 나아 돌아오라는 말들이 잔뜩 써 있다.

"근데 하도 오래 입원해 있으니까 이젠 잘 안 와요. 규식이는 자주 오는데 지금은 시험 때라 못 오는 거예요. 내일부터 중간고사거든요. 그래도 문자는 많이 해서 난 애들 일을 다 알아요. 누가 누구랑 사귀는지도 빠삭해요."

윤호는 귀를 막고 싶다. 용진이 라디오에 빠져 있을 때만 간신히 자신의 생각에 오롯이 잠길 수 있다. 하지만 윤호는, 용진이 그동안 말벗도 없이 지내서 저러려니 싶어 꾹 참는다. 그가 들어오기 전에 그 자리에는 여든이 다 된 노인이 허리 골절로 들어와 있었는데 쉬지 않고 잔소리만 했다고 했다.

K, 갑자기 비가 내리는구나. 이 비에 활짝 피었던 꽃들도 하르르 다 지겠다.

오늘이 4월 마지막 날, 우리 학교도 내일부터 중간고사다. 아까 용진이 왜 친구들이 안 오냐고 물었지만 시험을 앞두고 나를 찾아올 만큼 친한 친구는 내게 없다. K, 네가 있었다면 물론 와 줬겠지, 네가 미국으로 떠난 후 나는 더 이상 속을 터놓고 지내는 친구를 만들지 못했다.

내일 시험은 고3 올라와 처음 치르는 시험이다. 내신 상으로도 대학입시와 직결되는 중요한 시험. 그런데 나는 이렇게 죽음 앞에서 돌아와 부러진 다리를 쳐든 채 병상에 누워 있다. 이런 일이 없었다면 나는 지금 극도의 스트레스를 받으며 시험공부를 하고 있을 텐데. 식구들은 이 엄청나게 중요한 시험 앞에 내 눈치를 보느라 숨도 제대로 쉬지 못했을 거고. 후후, K, 우습지 않냐? 산다는 게 도대체 뭘까? 그렇게 엄청나게 여겨졌던 시험이 죽음 앞에서는 이토록 사소하고 하찮다는 게 우습기도 하고 실감이 안 나기도 한다. 그토록 눈부셨던 나, 전설적인 수재였던 내가 이 시험을 통해 되살아나기를 식구들은 모두 숨죽인 채 빌고 있었다. 그것은 영광의 챔피언이 한때 방황에 빠졌다 혹독한 훈련을 치른 뒤 재기전을 앞두고 있는 것과 다를 바 없었다.

감은 눈꺼풀 아래로 일주일 전의 그날이 되감기한 필름처럼 차르르 돌아간다. 나는 그 필름을 하루에도 몇 번씩, 아니, 몇 십 번씩 되돌려 본다. 그날 허공을 향해 몸을 던진 게 과연 나였던가.

다른 누구도 아닌 나, 석윤호가 그런 짓을 했다니. 믿어지냐, 너는?

어쩔 수 없이 미현이의 일이 떠오르리라 생각한다. 커닝을 했다는 의심을 받고 선생님한테 야단을 맞다가 화장실에 다녀온다고 말하고는 그대로 뛰어내렸던 미현이. 미현이와 막 마음을 주고받기 시작했던 넌 충격을 견디지 못했지. 결국은 이 나라를 떠나 버릴 만큼.

미안하구나, K, 너에게 다시 이런 이야기를 하게 된 게. 그러나 너를 향한 이 중얼거림을 내가 글자나 목소리로 너에게 전할 일은 없을 것이다.

미현이를 떠올리니 다시 몸이 떨린다. 허공으로 발을 뻗던 순간의 기억을 몸은 잊지 않고 있나 보다. 내가 머리로 기억하는 것은 절망적인 후회밖에 없는데, 몸은 그때의 공포까지도 기억하는구나. 혹시 미현이도 나처럼 허공에 몸을 날린 순간 후회에 빠지진 않았을까? 자기도 모르게 내뻗었던 그 발을 잘라 버리고 싶을 만큼? 그 생각만 하면 나는 숨이 막힐 만큼 가슴이 답답해진다.

그런데 나는 거짓말처럼 이렇게 돌이켜져 병실에 누워 있다. 5층에서 뛰어내렸는데 다리만 부러지고 살아난 걸 모두들 기적이라고 말한다. 나는 그저 남의 일처럼 멍할 뿐이다. 그렇게 후회하다 간신히 살아났는데도 이토록 멍한 기분만 드는 까닭은 무엇일까? 식구들은 내가 다시 그런 짓을 저지를까 봐 초조해하지만 다시 그럴 생각은 물론 추호도 없다.

하긴 그날의 일도 따지고 보면 미리 계획된 일은 아니었다. 그때까지 나는 단 한 번도 자살에 대해 진지하게 생각해 본 적이 없었다. 자살하는 학생들을 충동적이고, 무책임한 아이들이라고만 생각했다. 그랬던 내가 그런 엄청난 짓을 저질렀다. 도대체 나는 왜 그랬을까?

K, 살아야 할 이유를 몰랐다고 한다면 너무 거창할까? 적어도 그렇게 말한다면 조금 멋있게는 보이겠지? 실연의 상처라도 핑계로 댄다면 그건 더 설득력 있을 테고. 나는 진심으로 그런 이유를 대고 싶다. 적어도 그렇게 말한다면 쪽팔리지는 않을 테니까.

그렇지만 지난 일주일 동안 내 속을 아무리 뒤집어 탁탁 털어 봐도 난 그런 근사하고, 그럴듯한 이유 때문에 몸을 던진 건 아닌 것 같다. 내 마음을 나도 정확히 모르니 이렇게밖에 말할 수 없지만 그보다는 오히려 눈앞에 다가온 고3의 첫 시험에서 달아나고 싶었던 마음이 더 컸다. 지난 일주일간 이 병실에 누워 내가 곰곰이 생각해 찾아낸 이유란 솔직히 그것뿐이다. 우울하다. 하지만 어쩔 수 없지. 그게 진실이라면.

나는 몰릴 대로 몰려 있었다. 그동안은 내가 공부를 하지 않았다는 핑계나 있었다. 그러나 겨울방학 동안 나는 어쨌든 겉으로는 공부를 했기에 그 노력의 대가가 어떻게 나올지 두려움에 떨고 있었다. 그래, K, 부끄럽고 한심한 내 모습을 너한테만이라도 말하고 싶다. 나는 그게 겁났다. 그렇게 공부하고도 예전의 영광을 되찾지 못한다면? 그깟 성적에 대한 두려움 앞에서 목숨을 내던질 만큼 너는 한심한 인생을 보내고 있었냐고 물어도 할 말이 없다. 그걸 달성해 내지 못한다면 나는 아무것도 아닌 인간으로 살 수밖에 없었으니까. 그건 사람들의 차가운 멸시의 눈길을 견디는 일이고, 기대가 무너져 절망의 바닥으로 떨어질 부모님의 얼굴을 보는 일이었으니까.

그런 부담 속에 시험공부를 하다 베란다에 나가 섰을 때, 문득 방충망을 열어젖힌 채 아래를 내려다보았고, 그러자 환영처럼 바닥에 떨어져 있는 내 모습이 보였다. 미현이도 잠시 떠올랐던 것 같다. 그때 나는 내가 싫었다. 내 자신이 하찮게만 여겨졌고, 혐오스러웠다. 하찮고 혐오스런 내 자신이란 존재의 목숨을 그만 끊어버리고 싶었다. 죽으면 모든 게 끝이라는 생각이 강렬한 충동으로 솟아났고, 죽고 싶다고 생각했고, 어느새 내 몸은 허공으로 날아올랐다. 그때의 나는 과연 누구였을까? 무엇에 씌었던 것일까? 나는 도무지 내 자신을 모르겠다.

윤호의 아버지가 들어오자 용진은 얼른 빼 두었던 이어폰을 귀에 꽂는다. 라디오 프로를 들으면서 문자를 보내거나 인터넷 게시판에 글을 올리는 것이 용진이 종일 몰두하는 일이었다. 윤호는 얼른 눈을 감고 자는 척한다. 언제부턴가 아버지와 둘이 얘기를 한다는 건 거북하기 짝이 없는 일이 되었다. 아버지가 TV를 켜는 소리가 들린다.

"당신이 어떻게 나한테 그럴 수 있어? 당신이 어떻게?"

텔레비전에서 쥐어짜는 여자의 목소리가 터져 나온다. 남편이나 애인이 배신이라도 한 모양이다. 네가 나한테 이럴 줄은 정말 몰랐다……. 다리에 철심을 박는 수술을 마친 뒤에야 윤호의 어머니는 참았던 한숨을 토하듯 그런 말을 뱉었다. 나한테? 윤호는 그 말이 이상했다. 자신의 행동은 자신에게 한 짓이었다. 어머니한테 한 행동이 아니었다.

TV가 켜져 있긴 하지만 아버지는 다른 생각에 잠겨 있을 것이다. 아버지가 드라마를 보는 법이란 결코 없으니까. 아버지는 무슨 생각을 하고 있을까? 철들고선 처음으로 윤호는 아버지의 생각이 궁금해진다.

사람들은 윤호더러 아버지를 빼다 박았다고 말했다. 얼굴도, 목소리도, 체격도 윤호는 아버지를 많이 닮았다. 공부도 아버지를 닮아 잘했다. 한때 교사였던 어머니 역시 공부를 잘한 사람이지만 윤호는 전형적인 수재였던 아버지와 묶어서 얘기되곤 했다. 아버지를 닮아 공부를 잘하는구나, 모두들 부러운 눈길로 그를 보며 칭찬했고, 그럴 때면 아버지는 실눈을 뜨고 허허, 웃었다. 모든 면에서 윤호는 그의 부모의 자랑거리였다. 행실도 바른 모범생이었고, 성적은 단 한 번의 예외도 없이 늘 전교 1등을 유지했다. 요즘 아이답지 않게 부모에게 반항 한번 하지 않았다. 반항할 게 없기도 했다. 공부를 잘하면 부모나 선생님은 모든 것을 충족시켜 주었다. 윤호 또한 부모의 기대를 충족시키는 게 기쁨이었다. 그의 부모 친구들은 하나같이 자기 자식들에게 윤호의 얘기를 하며 분발할 것을 요구했다. 윤호는 이를테면 엄마 친구의 아들, '엄친아'의 전형이었다. 아이들이 가장 싫어하는. 적어도 중학교 때까지는.

K, 언제부터 내 삶이 전락한 것일까? 과학고 시험에서 떨어진 것이 시작이겠지? 나는 그때까지 시험에서 떨어진다는 생각은 꿈에도 해 본 적이 없는 아이였다. '윤호야, 너라면 시시하게 합격 따위가 목표여선 안 되지. 수석을 해서 학교의 명예를 빛내도록 해라', 원서를 써 주며 담임도 말했다. 그런데 수석이 목표였던 그 입학시험에서 나는 보기 좋게 떨어졌다. 학교가 발칵 뒤집혔고, 어머니는 자리보전하고 드러누웠고, 아버지는 집에 들어설 때마다 시체 안치소에라도 들어서는 듯 얼굴을 찌푸렸다. 집이

늪 같았다.

그러나 무어라 해도 그 일은 내 자신에게 가장 엄청난 충격이었다. 적어도 공부와 관련된 일에서는 어떠한 집단에 끼든 난 단 한 번도 1등을 빼앗겨 본 적이 없었다. 그런데 1등은커녕 수백 명을 뽑는 시험에서 떨어졌고, 더군다나 함께 시험을 쳤던 같은 학교의 친구는 당당히 합격을 한 것이다. 동수란 애였다. 동수는 나 때문에 중학교 3년 내내 단 한 번도 전교 1등을 못하고 늘 2등만 차지했던 친구였다. 태어나 처음 겪은 그 좌절은 나를 구렁텅이로 빠뜨렸다. 진심으로 죽고 싶었던 때는 차라리 그때였다.

K, 너한테만 고백하자면 그 불합격의 가장 큰 원인은 나의 편집증 탓이었다. 나는 집중력이 높은 대신 무엇엔가 마음이 걸리면 전혀 집중을 못하는 편집증 같은 걸 갖고 있었다. 시험 전날이라도 좋아하던 볼펜이 눈에 안 보이면 그걸 찾느라고 날밤을 꼬박 새우던 나를 보고 혀를 차던 네가 기억난다.

10문항의 시험 문제를 받아 들었을 때 나는 쾌재를 불렀다. 그것들은 난이도가 아주 높은 문제들이었지만 내가 익히 풀어 본 문제들이었으니까. 그런데 말이다. 시계를 풀어 옆에 놓고 막 문제를 풀려고 하는데, 시계가 딱 멈추었다.

어떻게 그 순간 배터리가 다 될 수가 있지? 나는 온몸이 오싹했다. 내 머리 위로 불길한 검은 그물이 내려뜨려졌다. 따지고 보면 그건 지극히 사소한 우연일 뿐이었는데, 그런데 나는 꼭지가 돌았다. 그 시계를 다시 가게 하지 않으면 시험에서 떨어질 거라는 불안감에 입술이 바작바작 타들어 갔다. 나는 시계를 흔들어 보고, 태엽을 돌려 보고 별짓을 다했다. 그러다 안 되겠다 싶어 그냥 문제를 풀기 시작했는데, 첫 문제부터 갑자기 콱 막히고 말았다.

그래, 그랬다. 그동안 나는 아무한테도 이 얘기를 하지 못했다. 고작 손목시계가 멈춘 것 때문에 한 문제도 풀지 못한 백지를 냈고, 그랬으니 문제 풀이를 말로 설명해야 하는 구술 면접은 당연히 할 필요도 없어서 그냥 돌아 나와 버렸다는 얘기를 누구한테 하겠는가? 그런 얘기는 지어낸 변명처럼 들리던가, 그렇지 않으면 고작 사이코 취급이나 당했을 것이다.

학교도 가기 싫었다. 선생님이나 친구들은 나를 싹 무시한 채 동수만을 떠받들었다. 그때까지 동수가 늘 전교 1등을 해 오기라도 한 것처럼. 아무리 공부를 잘했어도 입학시험에 떨어지면 그동안 잘한 것은 아무 소용이 없었다. 결과만이 중요했다. 과정은 결과 앞에 한낱 먼지에 지나지 않았다.

"형, 형은 공부 잘해요?"

용진이 뜬금없이 묻는다.

"못해."

윤호는 간단히 대꾸한다.

"헤헤, 나도 못하는데. 근데 형은 공부 디게 잘하게 생겼걸랑. 근데 못한다니까 좋다. 형은 그럼 뭘 잘해요?"

"잘하는 거 없어."

"하하, 형도 참. 설마 한 가진 잘하는 게 있겠지. 나도 한 가진 잘하걸랑요. 뭘 잘하냐면 난 방귀를 잘 뀌어요, 뿡!"

"내 참, 어이가 없구나."

"아니에요. 그거 굉장히 좋은 거라고 의사 선생님이 그랬어요. 난 이렇게 누워 있기만 하는데도 똥을 아주 잘 누거든요. 그게 다 방귀랑 관련이 있다구요. 헤헤."

살아오는 동안 단 한 번도 다른 사람보다 공부를 못해 본 적이 없다는 사실은 윤호의 존재를 떠받치는 장엄한 기둥이었다. 그 기둥이 있었기에 그는 다른 어떤 것에도 신경 쓰지 않고 살 수 있었다. 그 기둥 하나면 다른 것은 다 용서되었다.

그러나 그렇게 그 기둥에 한번 금이 가기 시작하자 그것은 급속도로 무너지기 시작했다. 그의 성적은 급속도로 떨어졌다. 1학년 말의 성적은 전교 32등, 반에서도 3등, 태어나서 처음 받아본 성적이었다. 다른 친구들이라면 그 정도만 해도 자랑스러운 성적이었을 텐데 그 성적표를 내밀었을 때 그의 부모의 얼굴은 아들의 전사 통지서라도 받은 것처럼 딱딱하게 굳어졌다. 어머니는 그에게 고액 과외를 받게 했다. 그때까지 그는 과외 한번, 학원 한번 다니지 않았다. 그런 건 머리가 떨어지는 아이들이나 하는 짓으로 여기고 있었다. 그 모든 것이 그의 긍지였는데 그는 잔액이라곤 하나도 없는 통장을 받아든 심정이었다. 고2가 되자 성적의 하강 곡선은 더욱 가팔라져서 2학년 말의 성적은 전교 127등을 기록했다.

K, 그 성적표를 받자 나도 번쩍 정신이 들었다. 127등이라······. 그동안 체념처럼 팽개치고 있던 성적, 하지만 이것은 너무 심하다는 자각이 들었다. 그래도 마음 한구석에는 자신에 대한 믿음이 있었나 보다. 내가 지금·손을 놓아서 그렇지, 다시 맘 잡고 덤비기만 하면 성적 올리기는 일도 아니라는 믿음. 나는 비로소 다시 한 번 해 보자고 이를 악물었다. 2학년 겨울방학이 마지막 기회라고 생각했기에 과외 외에도 학원을 다니며 독서실에서 살다시피 했다.

성적이 떨어진 뒤 얻은 게 있다면 음악이었다. 그전에 나는 공부에 방해가 된다고 음악조차 잘 듣지 않던 학생이었다. 뜻밖에도 음악은 공부에 대한 집중력을 높여 주었다. 예전에 나는 마치 어른들처럼 음악을 들으면서 공부하는 친구들을 이해하지 못했다. 그런데 음악은 벽처럼 나를 공부라는 세계에 가둬 주었다. 내 귀로 파고드는 음악은 내 온몸의 핏줄을 타고 흐르면서 바깥세상을 차단해 주었다.

하지만 공부 자체에 대해서는 아무런 의미도 찾을 수 없었다. 예전의 내게 공부란 내 삶을 이 세상에 단단히 박아 주는 커다랗고 굵은 못 같은 것이었는데, 어느샌가 그 못은 쑥 빠져나와 힘없이 이 세상 위를 떠돌고 있었다. 나는 그 못에 묶인 채 아직도 질질 끌려다니고 있을 뿐이었다. 왜 공부를 해야 하지? 그런 생각만이 끝없이 맴돌았다. 그때까지 칭찬받고 잘하는 맛에 의심 없이 해 온 공부가 한번 곤두박질을 치고 나자 뿌리부터 회의에 시달렸다. 그래도 해야만 했다. 그럴 때마다 나는 MP3를 닻처럼 귀에 깊이 박았다. 종교의 광신도들처럼 이 라인 위에 올라서기로 한 이상 의심에 빠져선 안 되었다.

K, 그러나 어느 공부 하나 무의미하지 않은 것이 없었다. 무엇보다 그렇게 공부를 잘해 성공했다는 아버지나 어머니의 삶이 조금도 행복해 보이지 않았다. 그분들은 하나밖에 없는 아들이 공부를 잘할 때는 대단히 행복해 보였지만 바로 그 아들이 남부끄러울 만큼 성적이 떨어지자 단박에 불행해졌다. 아버지나 어머니나 나더러 공부하라고 야단치는 법은 없었다. 입시 실패의 후유증에서 벗어나지 못하고 있다고만 생각해서 노이로제 환자를 다루듯 공부나 입시에 대해서는 거의 화제를 피했다. 그러나 그들의 마음에

그것이 얼마나 무겁게 가라앉아 있는지를 아는 나에게 그런 태도는 오히려 숨통을 막히게 할 뿐이었다. 차라리 공부하라고 두들겨 패면 반항이나 할 수 있지. 나는 그러는 부모에게 실망했다. 아버지나 어머니는 세상이란 학교의 최우등생들이었다. 예전에는 내게도 그분들의 삶이 자랑스럽고 멋지게만 보였다. 그런데 갑자기 그들의 삶이 시시하게 보이기 시작했다. 죽을 듯 공부해서 얻는 대가가 고작 아들이 다시 공부 잘하는 것으로 대리만족을 하는 것, 그 아들이 공부를 못하자 당장 불행해지는 것이란 말인가? 나도 기껏 출세하고, 성공해 봤자 고작 자식이 다시 출세하고 성공하는 데 연연하며 살아야 한단 말인가?

윤호는 아버지가 자기를 잡은 손에 힘을 주는 것을 느끼지만 여전히 자는 척하고 있다. 아버지와 둘만 있는 것도 그날 이후 처음이다. 내일이 노동절 휴일이라고 아버지가 어머니 대신 병원 잠을 자기로 한 것이다. 아버지와 둘이 있는 상황은 너무나 어색하다. 아버지가 꼭 잡고 있는 손도 몹시 거북해서 그 손에만 쥐가 난다.

윤호는 아까부터 소변을 보고 싶은 것도 꾹 참고 있다. 깨어 있다는 걸 알리면 아버지와 무슨 이야기라도 해야 할 테니까. 하지만 이젠 오줌보가 터질 것만 같다. 그는 어쩔 수 없이 그제야 잠이 깬 척 기척을 한다.

"왜? 소변 보고 싶니?"

아버지가 묻는다.

"네."

아버지는 침대 밑에서 소변 통을 꺼내 윤호의 소변을 받아 준다. 아무리 부모라도 부끄럽고 창피하다. 깁스를 한 건 두 발뿐이지만 아직 절대 안정을 요하는 환자라 윤호는 꼼짝없이 침상에 누워 있어야만 한다. 아버지는 화장실로 가서 소변 통을 비우고 온다. 그러더니 그때까지 혼자 왕왕대고 있던 텔레비전을 꺼 버린다.

"왜요? 그냥 보시지……."

윤호의 말에 아버지는 고개를 젓는다.

"볼 것도 없어."

이제는 잠든 척도 할 수 없다. 무언가 말을 해야 할 텐데 아버지도 그도 말을 찾을 수가 없다. 아버지도 어색한지, 으흠, 헛기침을 하더니 용진 쪽을 힐끗 돌아본다. 용진은 이어폰을 꽂고 눈을 감은 채 라디오를 듣고 있다.

무언가 예감이 이상했다. 아니나 다를까, 아버지가 갑자기 윤호를 부른다.

"윤호야!"

아버지답지 않게 지나치게 다정한 목소리다. 아버지는 다시 헛기침을 으흠, 하더니 윤호의 손을 또 붙잡는다. 어색했다. 아버지는 가만히 윤호를 보더니 미소를 짓는다. '그 일' 이후 처음 보는 아버지의 미소다. 아버지는 어렵게 입을 뗀다.

"저기…… 윤호야…… 저기…… 고맙다……."

"뭐가요?"

뜬금없는 아버지의 말에 윤호는 뚝뚝하게 대꾸한다.

"그, 그냥…… 네가 살아나 준 게."

아버지는 몹시 당황한 사람처럼 어쩔 줄을 몰라 한다. 윤호는 슬며시 눈을 돌리며 아버지에게 붙잡힌 손을 빼낸다. 저런 말은 대체 왜 하는 걸까. 안 그래도 어색하던 병실 공기가 이제는 질식할 것만 같다. 아버지도 견디기가 힘들었는지 황급히 말한다.

"저기…… 나가서 담배 한 대 피고 오마."

그러면서 아버지는 허둥지둥 문을 열고 나간다. 그 소리에 용진이 눈을 반짝 뜨더니 기다렸다는 듯 이어폰을 잡아 빼며 윤호를 찾는다.

"형, 형, 라디오 들을래요? 지금 은파랑 나오는 거 하는데…… '내게 주파수를 맞춰 봐'라고……"

"그래, 듣자."

안 그래도 TV를 끈 고요가 적막처럼 느껴졌다. 아버지가 들어오면 라디오라도 틀어져 있는 쪽이 나을 것 같았다. 용진은 얼른 라디오에서 이어폰을 뺐다. 그러자 라디오 소리가 병실 가득 쏟아져 흘렀다.

편의점에서 알바하고 있어요. 학원 쉬는 시간이에요. 학교에서 야자해
요. 편의점에서 컵라면 먹고 있어요. 또 편의점이네요. 혹시 앞의 분하고
같은 편의점은 아니시겠죠?

"지금 뭐하고 있는지 문자로 보내 달라고 했거든요."
용진이 친절하게 설명을 해 준다. 그 말을 듣자 윤호는 '죽으려
고 뛰어내렸다 살아서 병실에 있다'고 문자를 보내 볼까, 하고 장
난스레 생각해 본다. 물론 생각뿐이다. 윤호는 라디오에 문자나
메일 보내는 일 따위는 단 한 번도 해 본 적이 없다.

피시방에서 친구와 네 시간째 게임 중. 다섯 판 했는데 친구가 세 판 이
겼음. 내일 저녁 내기인데 흑흑. 어쩌겠어요, 내일 저녁 사야죠. 퇴근길 버
스 안이에요. 사람들한테서 땀 냄새나요. 비 오는 거리 폼 잡고 걷다가 지
나가던 버스한테 물세례 받았어요. 어제 산 흰 남방인데.

그런데 사람들이 보낸 문자 내용을 듣고 있다 보니 윤호는 문득
밸이 꼴리기 시작한다. 편의점, 게임방, 버스, 그런 고요하고 평안
한 것들에 반발이 인다. 충동적으로 윤호는 핸드폰을 집어 들었

다. 그리고는 용진이 눈치채지 않게 몰래 문자를 보낸다. 용진의 호기심을 자극하고 싶지 않다. 이런 걸 과연 읽어 줄까? 분명 장난 문자로 취급할 것이다. 하지만 그런들 어떠랴? 사실 장난인 걸. 윤호는 그런 생각을 하면서 '전송'을 누른다.

그런데 어느새 라디오에선 그가 보낸 문자가 흘러나온다. 윤호가 허공에서 떨어지던 속도에 맞먹는 속도다.

지금 옥상에서 한 발을 내딛고 있어요. 어떻게 할까 고민 중입니다. 죽느냐 사느냐?

동대문의 진호 씨란 분, 이거 장난이시죠? 이런 장난 하시면 안 돼요.

은파랑이 딱 잘라 말하는데 갑자기 지민의 목소리가 끼어든다.

가만, 장난이 아닐 수도 있지 않아요? 만에 하나 장난이 아니라면 정말 우리에게 구조 신호를 보내는 건지도 모른다고요.

에이, 말투만 보면 선수들은 척 알아요. 지민 씨는 순진해서 그렇지…… 이건 백 프로 장난 문자예요. 데끼! 진호 씨, 이 은파랑을 뭘로 보고!

그러자 용진이가 갑자기 흥분된 목소리로 말한다.

"형, 형, 들었어요? 형은 어때요? 저거 장난 같아요?"

가슴이 쿵덕쿵덕 뛰었지만 윤호는 태연히 대답한다.

"당근 장난이지. 진짜 죽는 사람이 저런 짓하냐? 나쁜 새끼. 장난칠 게 없어서 죽는 얘기로 장난을 쳐?"

그러나 용진은 진지하게 말한다.

"아뇨. 내 생각엔 진짜 같아요. 아니, 백만 분의 일로 진짜일 수도 있다고 생각해요. 으음……."

그러더니 용진은 재빨리 문자를 타타타닥 전송한다. 손가락이 보이지 않게 빨리도 친다.

"뭐라고 보냈냐?"

윤호가 물었지만 용진은 입에 손가락을 대고 조용히 하라는 신호만 보낸다. 자기가 보낸 문자를 듣기 위해 신경을 곤두세우고 있다. 하지만 라디오에서는 용진이 보낸 문자가 아니라 윤호가 보낸 문자에 대한 반응들이 마구 쏟아지고 있다.

예, 예, 진호 군의 상황에 대해 갑자기 여러분들이 문자랑 글을 막 보내시네요. 진호 군, 장난 문자 같긴 하지만 혹시 모르는 일이라…….

그런 일로 장난을 치다니 참 나쁜 학생 같아요.

갈 테면 조용히 가라. 그게 중계방송 할 일이냐?

얼른 발을 거두세요. 남은 부모님을 생각하세요.

추락하는 것은 날개가 있다!

목숨은 없어지면 다시는 살 수 없어요.

너 하나 없어져도 세상은 끄떡없다. 아, 이건 좀 심하군요.

자, 그만 읽겠습니다. 진호 군, 만에 하나 사실이라면 얼른 옥상에서 내려가세요.

은파랑이 적당한 선에서 마무리 지으려고 하는데, 또 지민이 끼어든다.

아니, 여기 하나만 더 읽을게요.

진호 군, 죽으려고 했던 마음만 떨어뜨리고, 내밀었던 발은 거두세요. 저는 교통사고로 하반신 불수가 되어 누워 있는 학생이거든요. 저를 위해서라도 그래 주세요. 부탁입니다.

와, 이 말 멋있네요. 죽으려고 했던 마음만 떨어뜨리라니! 그래요, 진호 씨, 이 문자가 장난이 아니라면, 아니, 혹시라도 이 순간 이런 갈등에 시달리는 분이 한 분이라도 계시다면 그분들에게 이 말을 전하고 싶네요. 죽으려고 했던 마음만 떨어뜨리고, 내밀었던 발은 거두시라고요. 그리고 이 문자를 보내신 분은 꼭 기적처럼 회복되시길 빌겠습니다! 건강을 회복하시면 '내게 주파수를 맞춰 봐'에 꼭 알려 주세요!

K, 나는 그 순간, 용진을 돌아보았다. 용진은 벌써 내 쪽으로 고개를 돌린 채 엄지손가락을 들어 올리며 환하게 웃고 있었다. 그 순간 그 애는 자신이 하반신 불수라는 사실에 대한 자부심으로 빛나고 있었다. 그 덕분에 라디오 전파를 탔으니까. 그 얼굴은 복권에 당첨된 사람이나 원하던 대학에 합격한 사람처럼 믿어지지 않는 행운 앞에 행복해하는 얼굴이었다.

내가 자기만큼 기뻐 보이지 않은 탓이었을까? 용진은 나를 보며 안타까운 듯 말했다.

"문자가 방송에 나오는 게 얼마나 힘들다고요! 내가 맨날 맨날 보내도 한 번도 안 나왔어요. 와, 기분 짱이다! 이따 엄마 오면 피자 사 달라고 해야지. 형, 내가 한턱 쏠게요!"

K, 그래, 용진은 그저 방송에 나온 것만 좋아서 어쩔 줄 모르겠다는 표정이었다. 자신이 그렇게 간절한 메시지를 전했다는 자각은 그에게 조금도 없어 보였다. 자기가 말한 메시지의 무게나 선의에 대한 자각이 전혀 없는 것이다. 자기를 생각해서라도 그래 달라고 말한 그 용진은 어디로 갔을까.

그런데 이상했다. 나는 바로 그 점 때문에, 제가 한 말의 무게도 모르는 용진의 속없는 모습 앞에 내 속의 무언가가 울컥하고 치미는 걸 느꼈다. 그리고 갑자기 내 눈에서 뜨거운 눈물이 흘렀다. 부끄럽지만 멈춰지질 않았다. '저를 위해서라도 그래 주세요. 부탁

입니다.' 란 그 애의 말에 왜 내 죽음의 실감이 난 건지는 모르겠
다. 감전이라도 된 것처럼 온몸에 소름이 돋았다. 내가 이미 죽은
몸이 되어 영안실에 차가운 몸으로 누워 있을 수도 있다는 실감이
나를 덮쳤다. 아니, 일주일이나 지났으니 나는 지금쯤 땅에 파묻
히거나 불에 타 재가 되어 있겠지.

K, 그날 허공으로 날아오르며 나는 이미 내민 발을 후회했다.
그랬으니 죽으려던 마음은 확실히 떨어뜨린 거였다. 그리고 운 좋
게 이렇게 살아났다. 그런데 그게 다가 아니었나 보다. 떨어뜨려
야 할 게 더 있었던 것이다. 지금 이 순간 나는 그날 허공에서도
미처 떨어뜨리지 못한 무엇인가를 조용히 떨어뜨리는 내 모습을
본다. 그게 무엇인지는 나도 잘 모르겠다. 그냥 그것을 떨어뜨리
는데 자꾸만 눈물이 흘러나올 뿐이다.

용진이 볼까 봐 나는 옆으로 돌아누웠다. 그래도 눈물은 좀처럼
그치지를 않는다. 어쩌면 그건 그날 과학고 시험 치던 날 멈추었
던 시계였을까? 사소하고 하찮은 것, 나는 내 삶의 사소하고 하찮
은 것들을 이제야 떨어뜨리는 것일까? 아니, 바로 내 자신을 하찮
고 혐오스럽게 여겼던 그 마음을 떨어뜨리는 것일까?

소중한 용진을 위해서, 소중한 내 자신을 위해서.

문소리가 난다. 용진의 어머니가 들어온 모양이다. 용진이 크게
외치는 소리가 들려온다.

"엄마, 나, 라디오에 나왔어. 피자 사 줘!"

◯ 작가 후기

중학교 졸업 무렵, 나 역시 진지하게 죽음을 시도한 적이 있었습니다. 진통제를 수면제로 착각한 어이없는 실수로 응급실에 실려 가긴 했지만 나는 '잠도 들지 않고' 살아났지요. 그 뒤로 평생 진통제를 못 먹는 후유증에 온갖 고통을 날것으로 참아 내야 하긴 했습니다만.

이 글의 윤호도 나처럼 다행인지 불행인지 죽지 못하고 살아났습니다. 그러나 대부분의 경우 죽음은 연습이 아닙니다. 미현이의 경우처럼 돌이킬 수 없는 것이 되고 말지요. 물론 돌이키고 싶지 않아서, 삶을 끝내고 싶어서 그것을 택한 사람들에게 '그래도 살아야 했다'고 손가락질할 생각은 전혀 없습니다.

그러나 아직 인생을 조금밖에 살지 않은 어린 여러분들의 그러한 선택에는 어쩔 수 없이 가슴이 찢어집니다. 아무리 혹독하고, 끔찍한 인생이 기다리고 있을지라도 무조건 더 살아 보라고, 발목에 매달려 빌고 싶어집니다. 누구를 위해서, 무엇 때문에 더 살아야 되냐고 여러분이 묻는다면 나는 할 말이 없습니다. 용진은 자기를 위해서 살아 달라고 했지만 나는 그런 말을 할 자격도 없으니까요.

그러나 열일곱 살의 그날, 나는 죽음의 시도에서 실패해 돌아온 뒤, 확연히 깨달았습니다. 나는 진정으로 죽고 싶었던 게 아니란 것을. 그건 참 무서운 깨달음이었습니다. 내가 나를 속일 수도 있고, 내가 나한테 속을 수도 있다는 사실.

그러고 나자 불쑥 어른이 된 것 같았습니다. 나이가 어리다고 자신의 욕망을 모르지는 않습니다. 그러나 충동성이 강한 그때의 욕망은 진정한 자기 자신의 욕망이 아닐 수도 있습니다. 그러니 말입니다. 지금은 혹 그런 생각이 들지라도, 일단은 그 결심을 미루어 주기를 부탁드립니다. 하지 말란 게 아닙니다. 그 일은 십 년 뒤, 이십 년 뒤, 언제라도 '조금 더 차분해진 심장으로' 할 수 있는 일입니다. 그러니 지금은, 에잇, 더러운 세상, 침이라도 퉤, 뱉고, 씩씩하게 살아 있어 주십시오. 오기로라도 말입니다.

안 그래도 죽음에 대한 글을 많이 써 온 나는 더 이상 죽음에 대해서는 쓰지 않으려 했습니다. 그래서 예전에 써 둔 글이긴 하지만 이 글도 발표하지 않을까 생각했습니다. 하지만 다시 용기를 내어 여러분에게 이 글을 보입니다. 써 둔 글이 아까워서가 아니라 이 얘기를 여러분에게 꼭 들려주고 싶었기 때문입니다.

써 놓고 보니 이 소설은 어른들이 하는 잔소리 같은 소설이 되었고, 쓰다 보니 이 '작가의 말'도 결국 잔소리처럼 되었습니다. 잔소리하는 글, 교훈을 주려고 하는 글을 나는 가장 싫어하고, 그런 글을 안 쓰려고 애써 왔습니다만 이 글은 이렇게밖에 쓸 수 없었네요. 부디 여러분들이 너른 마음으로 이해해 주시기를.

이 경 혜

고등학교 때 별명이 '호박씨'였다. 겉으로는 모범생이고, 얌전한데 이상한 사건들을 많이 일으키고, 엉뚱한 짓을 잘 저질렀기 때문이다. 그때는 그 별명이 너무 창피스러웠는데 지금은 그 별명이 참으로 다행스럽다. 내가 지금 글을 쓰는 힘은 내가 호박씨였던 탓이라고 굳게 믿는다. 그 탓에 써 낸 책으로는 『어느 날 내가 죽었습니다』 『유명이와 무명이』 『마지막 박쥐공주 미가야』 등이 있다.

엄마는 괜찮을까

_이성아

내게 주파수를 맞춰 봐_1814MHz

PM 9:05

인후 씨, 저희 프로그램 나오신 기분이 어떠세요?
저는 일단 은파랑 씨에게 궁금한 게 있는데요,
그래서 은파랑 씨, 그거 주워서 혹시 몇 개 챙겼어요?
당연하죠! 세 개인가 네 개……
지금 피디님 머리 쥐어뜯는 거 두 분 보이시죠? 사적인 얘기는 나중에 하시고요,
청취자 여러분, 문자, 인터넷으로 오늘의 초대 손님 최인후 씨에게
하고 싶은 질문들 보내 주세요. 4부에서 함께 묻고 답하는 시간을 가질게요.
최인후 씨와 함께 하는 3부 첫 곡은 여수 문의고등학교 이명주 양이 신청하신 곡입니다. 이분
짝사랑의 열병을 앓고 계시군요. 그 오빠가 좋아하는 노래랍니다. 이적의 '하늘을 달리다'

상열이와 헤어져 교실에 들어가니 준구 앞자리에 여자애들이 잔뜩 모여 있다. 뭐가 부러운지 감탄사가 연신 터져 나온다. MP3다. 명주가 MP3를 새로 샀나 보다.

"전에 있던 건 어떻게 했어?"

"팔았어."

"누구한테? 나한테 팔지."

"인터넷으로 팔았어. 그거 팔고 알바해서 모은 돈이랑 합쳐서 샀다."

"우와, 소리 짱이다."

　준구는 의자에 앉을 생각도 하지 않고 멍하니 그걸 내려다본다.

MP3, 준구가 꼭 갖고 싶은 것이다. 갖고 싶은 걸 말하는 것보다 있는 걸 말하는 게 더 빠르겠지만, 어쨌든 갖고 싶은 것 영 순위가 MP3다. 걸을 때도 버스를 타고 있을 때도 달릴 때도 음악이 흐른다면 눈앞에 세상이 아무리 허접해도 아름답게 보일 것 같다. 마치 영화의 배경음악처럼 말이다. 그러면 준구는 그 주인공이 되는 거다. 물론 관객은 없겠지만. 계집애들은 정말 알뜰하다. 준구도 알바를 해 봤지만 돈을 모아서 MP3 산다는 생각은 못 해 봤다. 하긴 돈이 모인 적이 없다. 돈이 좀 생길 만하면 귀신같이 알고 교회 헌금주머니처럼 입을 쩍 벌리고 있는 것이다. 친구들도 가만두지 않는다. 한달 동안 일해서 번 돈을 하룻밤에 날린 적도 있다. 허망한 돈, 망할 돈.

"오늘 야자 빠지는 놈들 앞으로 나와!"

담임이 교실 문을 드륵 열고 들어오면서 소리친다.

아이들 몇이 쭈뼛거리며 앞으로 나간다.

"뭐? 충치? 어디 입 벌려 봐. 새꺄, 이 좀 닦아라. 으이그, 냄새. 넌? 엄마가 입원하셨다고? 가만. 며칠 전엔 할머니가 돌아가셨다더니. 왜? 어느 병원이야? 짜식, 너 야자 빼먹을라고 멀쩡한 엄마 환자 만드는 거 아냐?"

담임은 야자에 빠지는 이유를 꼼꼼히 수첩에 적어 놓는다. 적당히 넘어가는 법이 없다. 거짓말을 하려면 각본을 완벽히 짜지 않으면 안 된다. 형사가 취조라도 하듯이 갑자기 엉뚱한 데를 치고 들어오기도 한다. 머뭇거리면 머리통으로 수첩이 날아온다. 그러나 그뿐이다. 야자 한 시간 더하고 안 하는 것으로 인생이 바뀌지 않는다는 건 우리보다 담임이 더 잘 알고 있을 테니까. 담임은 그냥 순간에 충실한 것뿐이다.

면담을 마친 담임이 칠판으로 돌아선다.

정원 34명
결석 8명(환자 6, 운동 1, 장기 결석 1)
현재 26명

"오늘 우리 반은 열 시까지다."
"으아—"
"다른 반은요? 우리 반만 하는 거예요?"
"그래, 우리 반만. 입학 성적이 우리 반이 제일 꼴찌란 말이다."
아이들은 일제히 몸을 비틀며 신음 소리를 낸다.
"오메, 이거이 뭔 소리다냐. 이것이 시방 나 좋자고 하는 일이냐? 한 시간 갖고 엄살은? 고2 되면 매일 열 시까지 해야 돼, 이놈들아. 이번 시험 성적이 고3까지 간다고 보면 틀림없다이. 그랑께 젖 먹던 힘까지 짜내서 최선을 다 해야 된다 이 말이다. 알겠냐?

그리고 중간에 도망가는 놈, 그런 놈들은 이틀 결석 처리할 거니까 그렇게 알아라이."

교실은 다시 웅성거리는 소리로 가득 찬다. 절반 정도는 담임이 나가자마자 엎드려 버린다. 그중 절반은 잘 것이다. 그 절반의 절반은 얼굴을 맞대고 소곤거린다.

엄마는 괜찮을까?

준구는 바지 주머니 속 휴대폰을 만지작거리다가 책상에 엎드려 버린다.

학교에 가려고 운동화를 찾는데 장화가 눈에 들어왔다. 언제나 물이 질척거리는 어물전에서 살다시피 하는 엄마. 그 엄마의 일부가 되어 버린 파란 장화. 그런데 이것이 왜 여기 있을까? 지금은 엄마가 생선 대가리를 쳐 내고 있어야 되는 시간인데. 장화가 있다는 건 엄마가 있다는 거고, 엄마가 있다는 건 엄마에게 문제가 있다는 이야기다. 준구는 엄마 방을 돌아본다.

준희는 누에고치처럼 다리 사이에 이불을 둘둘 말고 자고 있고 엄마는 오른팔을 이마에 올리고 있다. 방문이 열리는 기척에 흠칫 눈을 뜬 엄마가 벌떡 일어난다. 그러다가 이내 신음 소리를 내며 옆으로 엎드려 버린다.

"아이구, 어제께 하꼬짝 들다가 삐끗했는데 아무래도 사단이

났는갑다."

"병원에 안 갔어?"

"그러다 말 줄 알았지."

많이 아픈가, 목소리에 풀기가 하나도 없다.

"그러다 병 키운다고 몇 번이나 말했어."

짜증이 난다. 그러니까 목소리도 좋게 나오지를 않는다.

"짬이 없는게 안 그러냐."

"포차 그만두라니까."

"아이고, 소리 좀 지르지 마라. 니는 그거이 나를 생각해 준다고 그러는가 모르겠다만 엄니는 그 소리에 심장이 벌렁거린단 말이다. 그나저나 암것도 안 묵고 가냐?"

"됐어!"

"그럼 어여 학교 가라."

"병원부터 가!"

"나가 다 알아서 한당께."

"알아서 한다는 사람이 이 모양이래?"

"그래그래, 큰 소리 내지 말고 어여 가."

준구는 세상모르고 자고 있는 준희를 발로 찬다.

"야이, 가시내야. 좀 일어나라."

잠결에 허리를 발로 채인 준희가 비명을 지르며 발딱 일어나 앉는데, 머리가 산발이다.

"아야— 왜 그래애?"

"빨리 일어나서 엄마랑 병원 좀 가."

"학교는?"

"좀 늦게 가면 되잖어."

준구는 짜증이 덕지덕지 붙은 준희의 머리통을 한 대 쥐어박
는다.

"아야! 오빠는 왜 만날 나만 갖고 난리야. 내가 동네 개야?"

준희는 끝내 징징거린다.

"아이고, 나가 알아서 한당께 왜 동생은 울리고 그러냐. 오메,
허리야. 소리 지른께 더 아프다."

준희가 징징거리는 소리가 골목길까지 따라왔다. 무방비 상태
로 발길질을 당하고 이유도 없이 꿀밤까지 먹었으니 억울하기도
할 것이다.

이를 악물고 걸어가던 준구는 주위를 두리번거렸다. 이놈의 개
새끼는 필요할 때는 꼭 없다. 이빨이 나려고 잇몸이 근질거리는
것처럼 뭣이 됐건 화풀이를 좀 해야 속이 풀릴 것 같은데. 눈에 보
이는 대로 쓰레기봉투를 냅다 걷어찬다. 어째서 마음속에 있는 생
각과 표현은 늘 이렇게 어긋나는 걸까. 이 불길하고 불쾌한 느낌
은 뭐란 말인가. 사실 별일도 아닌데. 디스크는 엄마 문자대로 먹

고 노는 팔자 아닌 담에야 죽을 때까지 껴안고 가야 할 징헌 친구고, 라면 끓여다 바쳐, 운동화 빨아 줘, 만화책 빌려다 줘, 온갖 심부름 다하고도 모자라 꼬불쳐 놓은 용돈까지 번번이 뺏기는 준희는 하나뿐인 동생 아닌가. 이게 다 아버지 때문인 것만 같다. 무능한 아버지. 공사장에서 사고로 돌아가신 아버지. 그리고 남은 것은 빚더미와 '법 없이도 살 사람', '부처님 가운데 토막 같은 사람'이라는 아무 짝에도 쓸모없는 찬사뿐.

준구는 자기 뱃속에 뜨거운 덩어리 같은 게 살고 있는 것만 같다. 그것은 분노나 울화, 미움, 질투, 우울, 연민, 동정, 슬픔 같은 잡다한 감정의 오물 덩어리를 먹고 자란다. 자기도 모르는 새 팬티가 젖게 만드는 몽정처럼 그 괴물도 준구 자신이 통제할 수 없는 또 다른 생물체인 것 같다. 어쩔 때는 오히려 그놈이 준구를 조정하려고 들기도 한다. 생각지도 않은 말을 내뱉게 만들고, 후회할 것이 뻔한 행동을 하게 하고, 다 부셔 버리고 뛰쳐나가고 급기야는 어디 가서 머리를 콱 들이받고 돌아 버리게 만든다. 그럴 때면 준구는 자기 몸의 주인이 누구인지 잘 모르겠다.

작년 이맘 때였다. 한창 수업 중이었는데 배멀미라도 하듯이 속이 울렁거리더니 눈앞이 막막해졌다. 선생님이 뭐라고 한참 떠들고 있는데 아무 소리도 들리지 않았다. 멍하니 창밖만 바라보고 있었다. 넓은 운동장에 소금 같은 햇살만 탁탁 튀어 오르고 있었다. 주위 모든 것이 하얗게 타오르고 있었다. 준구는 교실 밖으로 나갔다. 현관에 서 있던 준구는 달리기 시작했다. 처음에는 탁탁, 그러다가 다리를 죽죽 벌려 보폭을 넓게, 좀 탄력을 받았을 때는 다다다다, 그렇게 얼마를 달렸을까. 목구멍이 갑자기 확 열리더니, 으아아아아, 소리가 터져 나왔다. 교실에서는 준구가 걸어 나가는 모습이 너무 자연스러워서 오줌 누러 가나 보다, 그렇게 생각했단다. 그리고 얼마 후, 미친놈처럼 고래고래 소리를 지르면서 운동장을 가로질러 교문 밖으로 달려가는 준구를 발견한 것이다. 그때 전교생이 창문에 붙어 서서 박수를 치고 휘파람을 불어 댔다고 했다.

준구를 가로막은 건 바다였다.

"만약 그게 영화였다면 말이다, 모래사장이 좍 펼쳐진 해변이라든가 절벽 아래로 파도가 철썩철썩 부서지는 그런 바다가 나오지 않았겠냐. 그런데 정신을 차리고 보니까 부두야. 기름 냄새 비린내 팍팍 풍기는 선창 말이다. 갈매기가 끼룩끼룩 거리는데, 그게 꼭 나를 비웃는 거 같더라니까."

"새꺄, 방향을 잘 잡고 달렸어야지. 저기 요트장 쪽으로 뛰든가, 아니면 해수욕장으로 뛰든가."

"그땐 내가 내가 아닌 것 같았다니까."

"그랑께 그거이 뭔 말이냐. 니 속에 괴물이라도 살고 있다, 뭐 그런 거냐? 에이리언 같은?"

"언제는 포레스트 검프라더니 이젠 에이리언이냐?"

아닌 게 아니라 준구는 툭하면 달렸다. 열 받으면 열 받아서 달리고 짜증나면 짜증나서 달리고 좋아도 달리고 싫어도 달리고 화딱지 나서 바람이 좋아서 비 오니까 술에 취해서 달에 취해서 바다에 홀려서 그러다가 달리는 일에 미쳐서 달렸다. 또 그러다가 5.18기념 마라톤 대회에 나가 금메달을 따기도 했다. 친구들은 그런 준구를 포레스트 검프라고 불렀고, 금메달을 부러워했다. 하지만 준구는 그것도 짜증이 난다. 고작 달리기라니. 가진 게 없어 결국 맨몸뚱이를 부릴 수밖에 없었고 죽는 순간까지 맨손이었던 아버지가 떠오르기 때문이다.

상열이와 동근이는 낄낄거리면서 노래를 불러 댔다.

"이녁 속엔 이녁이 너무도 많아, 이녁이 쉴 자리 없네. 이녁 속엔 이녁이 어쩔 수 없는 괴물……"

상열이와 동근이. 내 친구.

엄마는 선생님한테 불려 올 때마다 세상 모든 엄마들의 레퍼토리대로, '원래 그런 애기가 아닌데 그거이 다 나쁜 종자들하고 어울려 다니다 본께 그런 거'라며, 오히려 선생님들에게 대들고 악을 써 댔다. 일단 그래 놓고, 집에 돌아오면 준구를 붙잡고 '그 호로 새끼들하고 놀 거냐, 안 놀 거냐'며 준구 가슴팍을 사정없이 팼다. 준구는 가슴팍까지밖에 오지 않는 엄마의 작은 몸과 아무리 패도 아프지도 않은 엄마의 주먹질이 슬펐다. 그래서 그냥 맞았다. 그리고 다시는 '그 호로 새끼들'하고 어울리지 않겠다고 약속도 했다.

준구는 엄마에게 미안하다. 엄마에게 거짓말한 것이 미안한 게 아니라, 사실은 부처님 가운데 토막 같은 아버지보다 준구만 바라보는 엄마보다 '그 호로 새끼들'이 준구 곁에 있는 게 더 든든하고 고마운 것이다. 상열이는 가장 친한 단짝이기도 하지만 마음속 깊이 좋아하는, 닮고 싶은 친구다. 그건 연예인을 좋아하는 것처럼 환상이 아니다.

상열이는 무서운 게 없어 보인다. 준구가 세상을 도저히 어떻게 해 볼 수 없는 괴물이라고 생각한다면 상열이는 그 세상을 상대로 맞짱이라도 뜰 것 같은 아이다. 고등학교에 막 올라와서 상고 패거리들이랑 첨으로 한판 붙었을 때였다. 누군가 휘두른 각목에 맞았는지 상열이 귀에서 피가 철철 흘렀다. 그런데 눈 하나 깜짝 하지 않고 오히려 씩, 웃으며 손바닥에 침을 탁 뱉고 한발 더 나서던 놈이었다. 정작 각목을 휘두른 새끼들이 슬슬 꽁무니를 뺀 건 상열이의 서슬에 기가 눌려서 였을 것이다. 준구는 그런 상열이가 좋은 것이다. 멋있다. 싸늘하고 냉정한가 싶다가도 정 많고 무엇보다 의리 하나는 끝내주는 녀석이다. '지 아범 닮아서 을매나 순헌지 몰러' 이런 소리는 더 이상 듣고 싶지 않은 것이다. 능력도 없으면서 착하기만 한 건 죄악이다.

상열, 동근, 준구 삼인방이 남천공고에서 짤렸을 때, 시내에 있는 어떤 학교에서도 받아 주려고 하지 않았다. 엄마가 '이 처 죽일 놈의 호로 새끼가 끝내 내 아들을 중졸로 만들어 놨다'며 상열이를 쥐어박을 때, '치사하고 더러워서 그깟 학교 안 다녀. 학교 안 다녀도 잘 살 수 있어' 큰소리 쳤지만, 솔직히 준구 자신부터 덜컥 겁이 났다. 삼인방을 더러운 전염균처럼 몰아내려는 학생 주임 앞에서 자퇴서를 쓸 때는 비장하기라도 했었다. 그런데 엄마 입에서 중졸이라는 말이 나온 순간, 갑자기 맨홀 구멍으로 쑥 빠져 버린 것처럼 아랫도리가 허전했다.

상열이는 입술을 실룩거리며 웃고 있었다. 하긴 어차피 이렇게 된 거 차라리 웃는 게 덜 쪽팔리긴 하지만 준구는 아무리 애를 써도 웃음이 나오지는 않았다. 그런데 상열이는 한술 더 떠서 자퇴서를 휙 던지며 한마디 했다. '엣수, 속 시원하겠소. 자알 먹고 잘 사슈' 책꽂이가 무슨 방패라도 되는 듯 고개를 처박고 있던 선생들이 뽕망치로 때리는 두더지들처럼 일제히 고개를 쳐들었다. 하지만 어쩌랴. 이미 관할 구역을 벗어난, 솎아서 내다 버린 불량제품들이니. 그렇다고 해도 너무 막나가네 하며 몇몇 선생이 안면

근육에 경련을 일으키기는 했지만 상열이가 손까지 흔들며 유유히 교무실을 나갈 때는, 역시 버리길 잘했어, 하는 표정으로 웃는 여유마저 보여 주었다.

하지만 중졸이라니. 아버지도 중졸인데, 준구마저 최종 학력이 중졸이 될 거란 생각은 한 번도 해 본 적이 없었다.

"앗따, 걱정 마라. 학력이 밥 먹여 준다냐. 돈 벌면 되아부러. 돈으로 안 되는 게 어딨니? 학력도 위조하는 게 우리 나란디."

동근이는 일부러 사투리를 꽉꽉 써 가며, 학교 안 다니니까 홀가분해서 날아갈 것 같다고 했다. 하지만 그게 오래 가지는 않았다. 모든 게 어중간했다. 당장 갈 곳이 없었다. 우리는 끈 떨어진 연이었다. 아무도 붙잡아 주지 않는 연은 하늘을 날 수 없다. 자유의 달콤함도 끈이 있어야, 누군가 붙잡아 줘야 맛 볼 수 있는 거란 걸 알았다. 놀아도 노는 게 아니었다. 씨발, 돈이라도 벌어 보자, 했지만 시급 3000원짜리 알바로는 한없이 늘어난 빈 시간을 메꾸기에도 부족했다. 특별난 재주가 있는 것도 아니고 (하다못해 강호동이 하는 '스타킹'에라도 나갈 수 있는 그런 허접한 재주라도) 기를 쓰고 하고 싶은 게 있는 것도 아니고 (지금은 세상이 몰라주지만 언젠가는 성공할 거라고 붙잡고 늘어질 가녀린 희망 같은 거라도) 그렇다고 중뿔난 철학이 있는 것도 아닌 데다 (제도 교육 자체를 무시하고 자기만의 삶과 철학을 고수하고 개척하시는 분들처럼), 어디를 가나 눈치, 구박, 애까심 덩어리의 그저 그런 어중간한 인생이란 것만 알게 되었을 뿐이었다. 학생이란 타이틀이 그나마 얼마나 근사한 포장이고 보호막이며 면류관인지만 알게 된 것이다. 진저리나게 벗어나고 싶던 학교가 그토록 그리울 줄이야. 세상이란 게 대체로 반전과 어깃장을 좋아한다는 짐작은 하고 있었지만 이건 좀 뜻밖이었다.

기분 더럽지만 그게 사실이었다. 하지만 누구도 그런 말을 꺼내지 않았다. 굳이 말을 할 필요가 없었으니까. 해 봤자 기분만 더 더러워지니까. 자존심만 졸라 상하니까. 그래서 내린 결론이 '중졸은 너무해' 였다. '그래, 우리가 졌다. 아직은 피교육자 신분이라는 걸 인정하마' 그랬는데 우리를 받아 주는 학교가 없었다.

"씨바, 알아보니까, 우리 이름이 블랙리스트에 올라 있단다."

"블랙리스트가 뭐다냐?"

"블랙리스트 몰라? 요주의 인물. 야들 받아 주면 그 학교 좆 되어요, 그랑게 애시당초 받아 주면 안 돼요, 하는 거 말이다."

"뭐? 아 뇌, 인자 맘 잡고 착실히 공부 헐라는디, 학생이 학교를 댕기겠다는디, 받아 주덜 않는다고야? 그라고 학생 이전에 대한민국 국민의 한 사람으로서 교육 받을 권리가 있는 거 아니냐? 그라고 또 뭐이냐, 아흔아홉 마리의 양보다 방황하는 한 마리의 양을 구제하는 거, 그거이 진정한 교육이 나아가야 할 길 아니냐 이 말이다. 사람이 살다가 보믄, 아니, 청소년 시기에는 그래, 질풍노도, 시방 우리가 바로 그건데, 그걸 쪼까 이해를 못해 주고 요래 짓밟아서야 쓰겄냐, 못 쓰겄냐?"

"그걸 시방 나한테 묻는 거냐?"

"너, 언제부터 그렇게 말을 잘했냐?"

"열 받은께 안 그라냐. 열 받으면 주둥이에 엔진이 달렸는가, 잘도 돌아가 부러."

우리는 한국 교육행정과 사회 전반의 부조리와 불합리에 대해 성토했지만 그래서 확인한 건 정말 금 밖으로 내쳐졌다는 것뿐이었다. 인생이란 걸 시작해 보기도 전에 뿌리가 흔들리는 기분은, 우울하고 막막했다.

그러고 있는데 상열이가 묘안을 내놓았다.

"연합고사를 다시 보자."

"연합고사를야?"

"걱정 마. 대충 보면 돼. 어차피 시내 학교로 갈 거 아니니까."

"그라믄?"

"문의고등학교."

"문의면에 있는 거 말이야?"

"그래. 시골이기는 하지만 공기 좋고 인심 좋은 곳 아니냐. 정약용을 봐라, 윤선도도 그렇고, 큰 인물들은 그렇게 한갓진 곳으로 유배도 가고 그러는 거야."

"큰 인물은 씨바. 그 사람들은 원래부터 큰 인물인께 유배를 갔지만, 우리는 그 깡촌으로 가서 좆도 큰 인물 되겄다."

"그 학교 인문계 아니냐?"

"공고 다녀 봤으니까 이제 인문계도 함 다녀 봐야지."

"그런데 그 학교라고 우리를 받아 주겠냐?"

"새로 연합고사 보고 중학교 졸업증명서만 제출하는데 무슨 수로 알겠냐? 내 말만 믿어."

정말 그렇게 됐다.

이런 상열이를 어떻게 좋아하지 않을 수 있겠는가.

아, 상열이. 상열이를 생각하니 머리가 지끈거린다. 얼마나 엎드려 있었나. 잠도 오지 않는다. 잠은 안 오고 비가 온다. 많이도 온다. 완전 폭우다. 들이붓는다. 저 폭우를 뚫고 달리고 싶다. 정말, 그럴까? 온몸이 흠씬 젖도록 달려 볼까 하는데, 책상이 춤을 춘다. 명주 책상이 춤을 춘다. 책상만 춤을 추는 게 아니라 명주 몸이 무슨 해파리처럼 흐물거리고 있다. 흔들리는 상체를 따라 엉덩이도 씰룩씰룩 가관이 아니다. MP3에 꽂혀서 어디 딴 세상에라도 가 있는 모양이다.

손가락으로 명주 어깨를 툭툭 쳤다. 모른다. 완전 유체 이탈이다. 손바닥으로 등짝을 철썩 갈겼다. 그제야 돌아본다. 안 그래도 왕방울 눈알이 튀어나올 것 같다. 이목구비 무엇 하나 밸런스가 맞는 게 없다. 입이라도 좀 작던가. 그야말로 썰면 한 사발감이다.

집게손가락으로 양쪽 귀를 가리키자, 그제서야 이어폰을 뺀다.

"뭐야?"

신경질을 부리는 명주 입을 검지손가락으로 눌렀다. 물컹, 한다.

"뭐냐고? 왜 때려?"

"때리긴 인마. 니가 하도 음악에 심취해서 이 오빠가 아무리 콕콕 찔러도 모르기에 조금 세게 친 거지."

"왜 그러는데?"

"그거."

"뭐? 이거?"

"그래, 오빠 잠깐만 듣자."

"안 돼!"

"왜요오?"

"왜요는 일본 담요고. 하여간 안 돼."

"어쭈구리."

"지금 내게 주파수를 맞춰 봐 한단 말이야. 은파랑."

"그래서?"

"내가 음악 신청했거든요? 그때 들려줄게. 기다려 봐."

"명주야, 오빠가 지금 심히 머리가 아프다. 아프다 못해 깨질려고 하거든. 지금이야, 바로 지금. 니가 오빠를 구해 줄 절호의 기회."

"으이그, 못살아."

명주는 입을 삐죽거리면서도 MP3를 건네준다. 살짝 째려보면서 눈웃음도 친다. 준구는 못 본 척 이어폰을 꽂는다. 가시내, 쪼개기는.

지민 : 1학년 김 모양이 보내 주신 사연이에요. 제가 읽어 드리겠습니다. 집에 가려고 지하철을 탔을 때예요. 막차라서 거의 백 미터 골인 지점 들어가듯이 슬라이딩해서 문틈으로 기어 들어갔죠.

은파랑 : 흐흐, 아주 눈에 보입니다. 실감 팍팍.

지민 : 그런데 가방이 살짝 걸린 거예요. 있는 힘을 다해서 가방을 잡아 뺐죠. 그 바람에 뒤로 벌러덩. 하지만 막차니까 손님도 별로 없었고 자리도 널찍널찍. 그래서 뒤에 적당히 빈자리에 그대로 엉덩이를 안착하는 데 성공했어요. 그런데 문제는 그때부터였어요. 교복 치마 잡아당기고 당겨 올라간 블라우스도 내리고 흩어진 머리카락을 정돈하려고 고개를 좌우로 흔드는데, 생각이고 뭐고 할 것도 없이 그냥 악— 비명 소리가 터져 나온 거예요.

은파랑 : 비명 소리라. 뭘까? 어째 으스스 모드군.

지민 : 피였어요.

은파랑 : 피? 피라니?

지민 : 옆자리에 앉은 남자의 하얀 와이셔츠에 붉은 피가.

은파랑 : 살인 사건?

지민 : 알고 보니 초고추장이었다는군요.

은파랑 : 하하하.

준구는 엎드려서 킬킬거린다. 초고추장이라니……. 진짜 피 흘리면서 싸우는 이야기를 한번 써 보내 볼까 싶어지기도 한다. 서울 가시내들은 무서워서 오줌을 쌀걸. 그나저나 지하철. 맞아, 지하철. 준구는 지금까지 한 번도 서울에 가 본 적이 없다. 서울이 달나라도 아니고 미국도 아닌데 아직까지 서울 한번 못 가 보다니, 창피해서 누구에게도 이야기한 적이 없다. 서울에 친척은커녕 친척의 사돈의 팔촌도 없는 것이다. 집구석하고는.

지하철이란 걸 타고 학교에 다니는 기분은 어떨까. 지하철이란 걸 타면 어쩐지 사람이 의젓해질 것 같다. 왠지 좀 더 나은 인생이 기다리고 있을 것 같고, 운명의 여인이라도 만나 멋진 사랑도 할 것만 같은 것이다.

지민 : 정말 창피하셨겠어요.

은파랑 : 이 사연을 보내 주신 김 모양도 창피하셨겠지만, 그 남자 분, 정말 불쌍하네요. 조용히 집에 갈 수도 있었는데 어쩌다 여고생 레이더에 걸려 완전 개쪽······.

지민 : (말 끊으며) 혹시 은파랑 씨는 지하철에서 뭐 재밌는 일 본 적 있어요?

하여간 가시내가 화근이다. 상열이가 연애만 하지 않았어도. 그동안 동근이나 준구가 여자애를 사귄 적은 몇 번 있었지만, 상열이는 처음이었다. '여자애들, 난 취미 없어. 신경 쓰이고 앵알대는 거, 우리 집안 여자들로도 족해' 하면서 관심 없는 척했지만 사실은 그게 아니었다. 상열이 지 스스로 자기가 멋있다고 생각하는 게 문제였다. 그래서 절대로 여자애한테 먼저 관심을 보이는 적이 없었다. 그렇다고 여자애가 먼저 대시하기에는 상열이가 너무 거만하고 뻣뻣했다.

그런데 문의면으로 오자 아무리 시골이라도 한 인물 숨어 있게 마련이란 듯, 아주 야물딱진 여자애가 상열이에게 프러포즈를 한 것이다. 외모가 썩 빼어난 건 아니지만 그렇다고 딱히 빠지는 데를 꼽을 수도 없는, 수수한 인상인 데다 공부도 그럭저럭 하고 게다가 장래 희망이 화가라는 애였다.

"야, 선빈이가 모델을 서 달랜다."

"뭐? 모델? 누드 모델 말이냐?"

"짜식, 설마. 어? 그럴까? 누드 모델일까?"

"하기로 한 거야?"

"응. 뭐 잠깐 이야기하다 보니까 그렇게 돼 있더라구."

"흐흐, 너 완전히 코꿴구나. 오메, 야 좀 봐라이. 좋은갑다."

"그런가? 그런 거 같기도 하고, 아닌 거 같기도 하고. 흐흐."

"고거 참 맹랑한 가시내네. 천하의 상열이를 요로코롬 못쓰게 만들어 부렀네."

"내가 체육 시간에 달리기하는 걸 봤는데, 멋있더란다. 죽 지켜 보고 있었다나, 어쨌다나."

"씨바, 달리기는 내가 더 잘하는데."

"너는 야, 폼이 좀 거시기 하잖어."

"뭐? 내 폼이 어때서? 나도야 나 달리는 거 보고 반한 가시내들 많어야."

우리는 상열이가 제대로 짝을 만났다는 걸 그때 이미 알았다. 연애라는 게 그랬다. 뻣뻣하기만 하던 상열이를 한순간에 덜떨어 진 애로 만들어 버린 것이다. 앵알대는 여자는 싫다더니 속 깊은 선빈이에게는 맥을 못 추는 것 같았다. 하여간 상열이는 선빈이에 게 푹 빠져 있었다. 늦바람이 무섭다더니, 죽고 못살 정도에 거의 근접해 있었다.

"키스는 해 봤겄제?"

"응."

생각만 해도 좋은가, 아주 몸서리를 치며 대답했다.

"섹스는?"

"새끼야. 만난 지 얼마나 됐다구."

"야야, 너 창녀촌부터 가야 쓴다."

"뭐? 왜?"

"둘 다 아다라시면 못 찾는단 말이다."

"뭘?"

"거시기."

"뭐?"

"거시기 말이다."

"거시기가 뭐시기냔 말여? 새꺄."

"오메, 야가 바보가 다 되야 부렀다요. 어째 이렇게 말귀를 못 알아들을까이. 여자 거시기 말이다, 새꺄."

"에이, 설마."

"참말이랑게. 그래서 미리미리 예습을 해야 된당께."

"야동을 그렇게 숱하게 봤는데, 뭔 예습을 하고 자빠졌나?"

"그거이 실전하고는 영 다르단 말이다. 그라제만도 또 모를 일이기는 허다."

"뭐가 또?"

"선빈이 갸가 해 봤다면 얘기는 또 다르다, 이 말이제."

"캬! 음, 나는 말이다, 선빈이를 애끼고 소중하게 거시기 할 거이다. 알겠냐, 좆만이들아. 바야흐로 진정한 사랑이란 게 무엇인가 이 형아가 보여 줄 거인게, 자알 보드라고이."

우리는 날마다 상열이의 연애 얘기를 들으며 몸을 떨었다.

그런데 연애 전선에 이상기류가 흐르고 있었다. 선빈이가 상열이를 피하는 거였다. 만나자고 하면 바쁘다고 하고 전화도 잘 안 받고 문자는 씹고, 학교에서는 여자애들이랑 똘똘 뭉쳐 다니면서 말도 못 붙이게 했다. 그러다가 마침내 절교 선언을 한 것이다.

오늘, 그 이유를 알게 되었다.

저녁을 다 먹도록 상열이가 식당에 나타나지 않아서 안 그래도 막 문자를 보내려는 참인데 휴대폰 두 개가 동시에 부르르 떨었다. 뒷산으로 오라는 문자였다.

상열이는 소나무에 기대 서서 담배를 피우고 있었다. 담배 한 대를 알뜰히 다 피우고 나더니 음산한 목소리로 말했다.

"오늘 한판 뜬다."

갑자기 서늘한 바람이 휙 불어왔다.

밤에 집에 가던 선빈이가 동네 남자애들한테 당했단다. 동네 남자애들이라고 해 봐야 멀리 갈 것도 없이 문의고 애들이다. 그 애들 중에 선빈이를 좋아한 애가 있었는데 선빈이가 콧방귀도 뀌지 않고 무시해 버리더니, 시내에 사는 애랑 사귄다는 소문이 나자 감정이 상한 것이다. 상열이와 헤어지겠다는 조건으로 선빈이를 풀어 줬단다. 선빈이는 상열이에게 그 일을 숨기고 있었다.

그건 우리가 집행유예자이기 때문이었다.

엄마라는 말이 그토록 다르고 낯설게 느껴질 수도 있다는 걸 그때 처음 알았다. 도대체 어떻게 알았는지 모르지만 하여간 어느 날 갑자기 엄마들이, 아니, 어머니들이 학교로 들이닥쳤다. 자모회의가 있는 날도 아니고, 스승의 날도 아닌데 자가용들이 카퍼레이드라도 벌이듯 속속 체육관 옆 주차장으로 들어왔다.

소문이란 게 그랬다. 숨기려고 할수록 은밀하게 번지는 연기처럼 구석구석으로 퍼졌고, 모두가 다 알게 된 상황에서도 정작 당사자는 까맣게 모르고 있기 일쑤다. 그날도 어째 선생들이나 아이들 눈치가 어딘지 께름칙했다. 기분 나쁜 침묵과 시선들이 미묘하게 얽히고 있었다. 유독 셋만 섬이었다. 그걸 감지했을 때 셋은 교장실로 불려 갔다.

교장은 몹시 피로한 얼굴에 애써 웃음을 지어 보였다.

"음. 어떻게 말을 해야 될지 모르겠구나."

교장은 넓고 반들반들한 이마를 검지손가락으로 문지르며 얼른 말을 꺼내지 못했다. 허참, 하며 담배를 잡으려던 팔을 거두어들이고는 음음, 잠긴 목을 풀어 발성 연습도 하고 자리를 다시 고쳐 앉더니 한숨을 푹 내쉬었다. 상황을 대충 감지하고 있던 우리는 교장이 딱했지만 우리가 친절을 베풀 일도 아니었다. 하지만 뭘 잘못했단 말인가. 굳이 일사부재리의 원칙 같은 걸 들먹이지 않더라도, 문의고등학교에 와서는 숨도 크게 쉬지 않고 지냈던 것이다.

"우선 사실 확인부터 좀 해 보자. 먼저, 너희들이 작년에 남천공고에서 자퇴한 게 사실이냐?"

"네."

상열이가 교장이 말을 마치기도 전에 대답했다. 그것도 아주 자랑스럽게.

"그래. 그렇구나."

"뭐 잘못됐나요?"

사뭇 도전적인 말투였다.

교장은 고개를 절레절레 저었다.

"그런데 너희들이 자퇴를 한 이유가 폭행 때문이었다는데, 그것도 사실이냐?"

"네."

"그렇구나. 사실이 맞구나. 그것 때문에 학부모들한테서 항의가 들어왔다."

"우리가 뭘 어쨌다구요? 그건 다 지난 일인데."

"알아. 내 이야기를 들어 봐라. 학부모님들은 너희들이 이 학교에 다니는 걸 몹시 불편해하고 있어. 사실은 아주 거칠게 항의를 했다. 요는 또 무슨 일을 저지를지 모른다는 거지. 불안해서 아이를 학교에 못 보내겠다는 거야. 내년에 신입생을 어떻게 받을 거냐는 말까지 나왔다."

"어째서요?"

"학교 쫄려도 걱정하지 마라, 문의고등학교 가면 다 받아 준다, 이런 말을 하고 다녔다는데, 그것도 사실이냐?"

그 대목에서는 상열이도 입을 다물었다.

"짜식들, 그런 말은 뭐하러 하고 다니냐. 아마, 그런 이야기를 하고 다닌 것이 누군가의 엄마 귀에 들어갔고, 그 엄마의 친구들 중에 우리 학교 학부모가 있었고, 뭐 그래서 다들 알게 된 거 같더라."

그 일로 학교가 한동안 떠들썩했다. 엄마들의 항의 방문이 두어 번 더 있었고, 교장이 밖으로 불려 나가기도 했다. 엄마들의 요구는 간단명료했다. 우리 셋을 자퇴시키라는 것. 요즘 학교 폭력이 얼마나 무서운지 모르냐, 이래서야 맘 편히 학교 보내겠느냐, 여자애들 둔 부모 생각은 해 봤냐, 무엇보다 면학 분위기를 해친다는 것이 엄마들의 주장이었다. 교장은 나름대로 애를 쓴 것 같았다. 그래도 공부하겠다고 다시 시험까지 보고 입학한 애들이다. 이제는 마음잡고 착실히 공부하는 애들을 무슨 근거로 자퇴를 시키라는 말이냐? 여기에서도 쫓아내면 그 애들은 어디로 가란 말이냐, 교육은 그런 게 아니다. 교육은 바로 여기에서 시작되는 것이다. 전염병균 취급을 하던 남천공고 교장과는 사뭇 다른 게 전교조 출신이라는 말이 사실인 것 같았다.

며칠 후 다시 교장에게 불려 갔다.

"너희들도 교장, 그거 좆도 아니다 생각하겠지만 실제로 그렇다. 그래도 할 만큼은 했다. 지금처럼 착실하게만 지내라. 그리고 얌전하게 졸업하면 아무 문제없는 거다. 너희들이 문제만 일으키지 않으면 엄마들도 가만히 있겠다고 했다. 다만 사고를 치면 그때는 자동, 이게 엄마들 생각이다."

"씨발."

상열이 이를 빠득 갈았다.

"그래, 안다. 나도 뭐라고 말할 수 없이 불쾌하고 기분이 더럽다. 너희들이 무슨 집행유예자도 아니고……."

그렇게 셋은 집행유예자 신세가 되었다.

그런데 엄마는 괜찮은가? 휴대폰을 꺼내는데, 명주가 MP3를 달란다.

"노래 나왔어?"

"무슨 노래?"

"이적 노래. 하늘을 달리다."

"그건 내가 좋아하는 노래잖어."

"내가 신청해 놨거든."

"그래? 나왔었나? 안 나온 거 같은데? 나왔으면 내가 모를 리가 없는데."

"뭐야? 듣지도 않으면서. 이리 줘 봐."

준구는 선선히 MP3를 내준다. 음악만 틀어 주면 딱 좋겠는데, 은파랑이란 놈 떠드는 소리 때문에 정신만 사납다. 휴대폰도 접어 버렸다. 뻔하다. 연변에서 왔다는 영감 집에 가서 야매 침이나 맞고 누워 있다가 가게에 나갔을 것이다. 무슨 일이 있었으면 벌써 준희가 문자를 보냈을 것이다. 무소식이 희소식이다. 포장마차라도 쉬면 좀 나을 텐데, 말해 봐야 입만 아프다. 그게 다 준구 때문이라는 게 준구는 괴롭다.

"너는 뭔 일이 있어도 대학을 가야 쓴다. 이노무 나라는 대학을 나와야 인간 대접을 해 주는 나라단 말이다. 니가 아직 어린께 몰라서 그러지, 대학 나온 인간하고 안 나온 인간하고는 이 다음에 사는 행로가 다르단 말이다."

모르기는 뭘 모른단 말인가. 엄마는 준구가 다시 들어간 학교가 인문계라는 걸 알자 슬그머니 대학 이야기를 꺼냈다.

"사실은 아버지가 교육보험을 들어 놨더라야. 그거 아니라도, 에미가 아직 씽씽한데 너 하나 대학 못 갈치겠냐. 그랑께 너는 아무 걱정 말고 공부만 열심히 해라 이 말이다. 그 썩을 놈의 새끼들이랑은 상종도 하지 말고. 에미한테 누가 있나? 에미가 쌔가 빠지도록 고생하는 게 다 너 하나 잘 되는 거 보자고 이러는 거라는 거, 니는 알제?"

"나는?"

텔레비전에 눈을 박고 있던 준희가 데구르르 굴러서 엄마 무릎 팍으로 엎어졌다.

"야, 이년아. 너는 시집가 버리면 그만인데……. 대학이 뉘집 강아지 이름이냐?"

"어머어머, 우리 엄마 순 이조시대다."

"이년아, 에미는 중학교도 못 나왔다만, 그래, 사실 에미도 아버지를 원망도 했다만, 살아 본께 어른들 말씀 틀린 거 하나도 없더라. 여자는 공부 못해도 남자만 잘 만나면 되더라. 에미 친구 중에도 맨 싸돌아 댕기면서 놀기만 하던 년이 남자 하나 잘 만나니까 기사 딸린 자가용 타고 시장 보러 다니더라야."

"엄마, 정말 같은 여자가 돼서 그럴 수 있어? 엄마도 그럼 남자 잘 만나지 왜 이 모양 이 꼴이야?"

"뭐라구? 이년 에미한테 말하는 것 좀 보소."

엄마는 준구가 성적이 안 돼서 공고에 갔다는 것도 모른다. 집안 사정 때문에 자발적으로 공고에 간 거라고 믿고 있다.

솔직히 준구도 대학생이란 것이 되어 보고 싶다. 엄마랑 준희가 악을 쓰는 소리에, 으이그, 시끄러, 소리치며 박차고 나오긴 했지만 대학이라니, 가슴이 벌렁거렸다. 나중에 여자를 만나더라도 고졸입니다, 공고 졸업했습니다, 보다는, 아무리 시시껄렁한 대학이라도 대졸입니다 그러면 얼마나 그럴싸한가 말이다. 자식을 낳아서 나중에 가정환경 조사서를 쓸 때도 그렇다. 고졸, 보다야 대졸, 하면 자식들 앞에서 얼마나 뽀다구 날 것인가.

준구와 대학은 영 인연이 없는 건 줄 알고 있었다. 사실 요즘은 면 단위 고등학교를 다녀도 대학 못 가는 애는 없었다. 문의고등학교도 전교생 148명 중 146명이 대학에 갔다고 했다. 대학 못 간 둘 중 한 명은 취업했다지만 나머지 하나는 좀 더 좋은 학교를 가려고 재수를 한단다. 영문과 국문과 법학과 물리학과 같은 건 절대로 없고 치기공과 피부관리과 응급구조과 물류패키징과, 아무리 봐도 취업 학원 같은 전문대학이, 제발 학생 좀 보내 달라고 교수를 무슨 세일즈맨처럼 부리는 학교가 널려 있는 것이다. 그래도

대학이란 것이 묘했다. 꼴찌를 도맡아서 하던 논두렁 건달패 더벅
머리도 대학이란 델 들어가고 나면, 예전의 모습은 온데간데없고
제법 미끈한 대학생 모습을 하고 나타나더란 말이다.

어쨌든 사람이 살면서 대학생 한번 안 되어 보고 죽는 것이 가
장 억울할 것 같았다. 그런데 아버지가 보험을 들어 놨다고?

"아홉 시, 야자 끝나는 대로 정미소 옆에 빈집 알지? 거기서 만
나기로 했다."

상열이는 이미 약속을 해 놓은 상태였다. 그건 언제나 그랬다.
만약 준구가 불러냈어도 상열이 동근이는 두말 않고 나왔을 것
이다.

"씨발 새끼들! 완전 겁대가리 상실했구나야. 감히 누굴 건들
어."

동근이는 대번에 주먹을 불끈 쥐며 이를 갈았다. 그런데 준구는
얼른 그런 말이 안 나왔다.

"왜?"

상열이 인상이 확 구겨졌다. 상열이 눈을 똑바로 쳐다볼 수가
없었다.

"짤릴까 봐?"

"……"

"그러네? 우리 집행유예자 아니냐. 이번에 걸리면 알짜리 없이 이건데."

동근이가 손바닥으로 목을 자르는 시늉을 했다.

"그래도 그렇지. 선빈이를 건들었다는 건, 우리한테 도전장을 낸 거나 마찬가지 아니냐. 아니지, 그것보다 더 싸가지 없는 짓거리지. 치사한 새끼들. 여자를 건들어? 뭔 일이 있어도 그런 꼴은 못 보제, 암."

"구질구질하게 뒷말 없기, 싸나이 대 싸나이로 붙기로 했다. 지는 편이 깨끗하게 물러나는 걸로."

"어데를야?"

"선빈이. 우리가 지면 깨끗하게 포기하겠다고 했어."

"오메, 참말로 그래도 괜찮겄냐?"

"무기는 쓰지 않기로 했고, 비겁한 짓 하면 그것도 지는 걸로 간주하기로 했다."

"그래도 몰라야. 의뭉스런 새끼들, 혹시 모르니까 각목 하나는 숨겨 가야 돼."

상열이는 다시 담배에 불을 붙였다. 그리고 준구를 바라보았다. 대답을 하라는 건데, 아무 생각도 떠오르지 않고 따라서 말도 나오지 않았다.

담배꽁초를 버리고 산을 내려가던 상열이가 돌아섰다.

"내키지 않으면 빠져."

그리고 뒤도 돌아보지 않고 내려가 버렸다.

어둠 속에 혼자 서 있는데, 후두둑 굵은 빗방울이 떨어지기 시작했다.

쉬는 시간이다. 아이들이 우르르 밖으로 몰려 나간다. 나가려면 지금 나가야 되는데. 아니, 벌써 일이 벌어졌을지도 모른다. 어떻게 해야 되나. 머릿속이 뒤죽박죽이다. 가야 된다, 안 된다, 가야 돼, 안 돼, 가는 게 옳아, 그러면 끝장이야, 비겁한 놈, 그렇지만 엄마는 어떡하고? 아니, 내 인생, 중졸로 살아갈 거냐? 아니, 중졸이 문제가 아니라 그러면 정말 양아치밖에 더 되겠냐고. 그렇다고 친구를 배신해? 너 혼자 살겠다고, 친구를 외면해? 엄마보다 아버지보다 더 소중한 친구라며? 하지만, 하지만……

휴대폰을 열어 보니 벌써 오 분이나 지났다. 거칠게 퍼붓던 비는 가랑비로 바뀌어 있었다. 어둠 속 어디선가 가느다랗게 개구리 울음소리가 들려왔다. 운동장에는 하교하는 아이들 모습이 하나둘 나타나기 시작했다. 부럽다. 저토록 평화로운 하교. 어쩜 나는 이미 궤도를 이탈해 버린 게 아닐까? 다시는 저 대열에 낄 수 없는 게 아닐까? 너무 늦어 버린 게 아닐까? 다시 돌아갈 수 없는 걸까?

그때 갑자기 누가 뒤에서 준구 귀를 틀어막는다.

"뭐야?"

신경질을 내며 돌아보는데 명주가 MP3를 들고 서 있다.

"너 좋아하는 음악 나와. 이적."

명주가 무작정 이어폰을 꽂아 준다.

최인후 씨와 함께 하는 3부 첫 곡은 여수 문의고등학교 이명주 양이 신청하신 곡입니다. 이분 짝사랑의 열병을 앓고 계시군요. 그 오빠가 좋아하는 노래랍니다. 이적의 '하늘을 달리다'.

두근거렸지 누군가 나의 뒤를 좇고 있었고

검은 절벽 끝 더 이상 발디딜 곳 하나 없었지

자꾸 목이 메어 간절히 네 이름을 되뇌었을 때

귓가에 울리는 그대의 뜨거운 목소리

그게 나의 구원이었어

준구는 눈을 감았다. 갑자기 몸이 물살을 타고 흐르는 것 같다. 물살은 바위를 만나 솟구쳐 오르다가 다시 흐르고 흐르다가 부딪치고 솟구치다가 다시 흐른다. 거기 깃털처럼 가볍게 올라타고 물결을 따라 너울너울 흘러간다. 물결을 타고 흘러가던 몸은 어느 결에 하늘로 붕 솟구쳐 오른다. 거기 준구가 달리고 있었다. 끝도 없이 펼쳐진 푸른 하늘을 달려가고 있다. 하늘을 달린다.

내가 미웠지 난 결국 이것밖에 안 돼 보였고
오랜 꿈들이 공허한 어린 날의 착각 같았지
울먹임을 참고 남 몰래 네 이름을 속삭였을 때
귓가에 울리는 그대의 뜨거운 목소리
그게 나의 희망이었어

담임이 교실로 들어온다. 그 뒤를 따라 아이들이 줄줄이 들어
온다. 담임이 출석부로 탁자를 탁탁 두드리며 뭐라고 말한다. 아
이들이 자리에 앉는다.

명주도 들어와서 자리에 앉는다. 준구를 흘깃거리면서. 몹시 어
색하게. 그러나 그것마저도 그냥 흘러간다.

마른하늘을 달려 나 그대에게 안길 수만 있으면
내 몸 부서진대도 좋아
설혹 너무 태양 가까이 날아 두 다리 모두 녹아내린다고 해도
내 맘 그대 마음속으로 영원토록 달려갈 거야
허약한 내 영혼에 힘을 날개를 달 수 있다면

명주가 돌아본다. 배시시 웃는다. 예쁘다. 이어폰을 빼서 명주
에게 준다.

준구는 가방을 챙겨들고 일어났다.

그리고 걸었다.

"어? 준구 오빠."

"박준구."

"준구야."

뒤에서 담임이, 아이들이 불러 대는 소리가 상열이 목소리처럼
들린다.

준구는 달리기 시작했다.

준구에게 미안합니다.

마음잡고 공부해서 지방 전문대라도 가고 싶어 했었는데……. 그래서 여자 앞에서 폼도

잡고 나중에는 자식 앞에 당당한 아버지가 되고 싶어 했는데 말이지요.

나는 정말 모르겠습니다.

어른들이 우리 아이들의 현재를 함부로 규정해도 되는 것인지, 아이들의 삶을 이렇게

박탈해도 되는 건지요.

아이들의 현재는 미래를 위해 유보되어도 되는 걸까요?

현재 없는 미래가 가능한 것일까요?

과연 진정한 삶은 언제 시작되는 걸까요?

그러나 준구가 가엽지는 않습니다.

왜냐면 준구는 지금 이 순간을 온몸으로 부딪치며 뜨겁게 살아내고 있으니까요.

진정한 삶이란 게 있다면 그런 순간이 아니겠는지요.

그 순간을 절절하게 살아내는 것만이 내 삶의 주인이 되는 길이 아니겠는지요.

그런 준구가 나는 든든합니다.

멋지구요.

준구는 내가 살아내지 못한 생입니다.

이 성 아

책 만드는 일로 시작해서 글 쓰는 사람이 되었으니 나쁘지 않은 것 같다. 문제는 좋은 글을 쓰고 싶다는 욕심이 앞서 늘 허둥댄다는 것. 그러다 말까 봐 걱정이다. 지리산 자락에 터를 잡고 다시 한 번 낙타처럼 일어나 보려고 노력 중이다. 아무래도 너무 일찍 써먹어 버린 게 아닌가 싶은 제목의 소설책 『절정』, 자연 속에서 뭔가를 찾아보려고 쓴 『까치 전쟁』, 『작은 풀씨가 꾸는 꿈, 숲』, 이 생에서 다 태우지 못해 다시 태어나야 한다면 인디언처럼 살아보고 싶은 마음에서 『아파치 최후의 추장, 제로니모』 평전을 써 냈다.

질문의
시간

_ 김혜진

내게 주파수를 맞춰 봐_1814MHz
PM 9:04

"······아주 독특한 영화일 것 같은데요?
기대하셔도 좋습니다.
하하! 오늘 일일 고민 상담사로 나오셨는데
최인후 씨는 고민 없으세요?
고민 없는 사람도 있나요?······"

"당신은 그 사람을 만나 꿈 같은 달콤한 사랑에 빠졌습니다. 그런데 육 개월이 지난 후 당신은 이제 그 사람과의 관계를 끝내야겠다는 생각이 들었습니다. 그 사람과는 결코 행복할 수 없다는 사실을 깨달았기 때문입니다. 그런데 당신이 헤어지자고 한다면 그 사람은 자살을 할 것이 분명합니다. 당신은 어떻게 하겠습니까?"

지음이가 질문을 읽었다. 바람이 불자 주황 가로등 불빛과 나무 그림자가 함께 몸을 떨었다. 4월의 마지막 밤, 남은 벚꽃들이 별처럼 반짝이며 눈처럼 흩어졌다.

"어떻게 할 거야?"

지음이는 아이들을 죽 둘러보았다. 눈을 마주치지 않으려 고개를 숙이면서 생각했다. 도대체 이게 무슨 짓이람.

다듬은 돌을 쌓아 만든, 운동장 건너 학교 끝의 원형극장. 돌계단과 높은 뜰에 가려 가까이 와서 들여다보지 않으면 안이 보이지 않을 움푹 파인 자리였다. 방석 대신 매점에서 빼온 박스를 깔았다. 무릎담요를 덮었지만 조금 추웠다.

"넌 어떻게 할 건데?"

"난 헤어질 거야."

태랑이의 물음에 지음이는 기다렸다는 듯 단호하게 대답했다.

"진짜? 그 사람이 죽는데도?"

김주원이 물었다. 김주원은 태랑이만큼이나 유명한 애다. 입학식이 끝나자마자 농구부와 방송반에서 서로 데려가려고 난리였다고 들었다. 지음이가 대답했다.

"그래도 어떻게 해, 내가 못 살겠다는데."

"얘가 좀 이래. 매정해."

태랑이는 언제나처럼 농담조로 말했다. 모르는 애들은 둘이 사귄다고 생각할 정도로 지음이와 태랑이는 친하다. 초등학교 때부터 너무 친해서 오해 받는 것 정도는 아무렇지도 않게 넘길 정도로 친한 사이.

"난 못 헤어질걸. 그냥 있는 거지 뭐."

"정나미 떨어질 일을 잔뜩 하는 거야, 그쪽에서 질리도록."

다들 대답 참 쉽게 잘한다. 사랑이 뭔지, 헤어지면 죽을 정도로 집착한다는 게 뭔지, 죽는 게 뭔지는 알고서 대답하는 걸까?

"서인이 넌?"

김주원이 스스럼없이 내 이름을 불렀다. 조금 당황했다. 잘 알지도 못하는 애가 성도 떼고 이름만 부르는 일은 언제나 머리카락을 마구 헤집고 싶게 만든다.

"모르겠어."

"에이, 대충 넘어가지 말고 말해 봐."

뭐야. 왜 친한 척이야?

"대답하기 싫으면 안 하는 거지. 넘어가, 넘어가."

눈치 빠른 태랑이가 끼어들고, 희민이가 자기의 대답을 내어놓았다.

"아, 난 마음이 약해서 못 헤어질 거 같다."

"너가 뭐가 마음이 약해? 마음 약한 애가 교감 앞에서 그 생쇼를 하냐?"

태랑이가 말을 받았다. 희민이는 장난스럽게 대꾸했다.

"왜 이래, 나 소심해. 트리플 에이형이라고."

김주원과 장희민, 둘 다 오늘 처음 이야기해 본 애들이다. 태랑이가 고등학교에 와서 새로 사귄 친구들. 김주원은 태랑이랑 같은 반이니까 그렇다 쳐도 장희민은…… 좀 미묘하다. 태랑이가 자기 친구 둘을 데리고 나온다고 했을 때, 둘 다 남자일 줄 알았다.

"다음 질문은 누가 고를 거야?"

지음이가 책을 들고 물었다.

지음이가 가지고 온 『질문의 책』은 제목 그대로 생각할 거리를 던져 주는 질문들만 모아 놓은 책이었다. 이 책의 질문을 읽고 답을 하자는 것이 지음이의 야자 땡땡이 계획이었다.

"당신은 지금 매우 중요한 시험을 치르고 있습니다. 매우 안전하게 남의 시험지를 커닝할 수 있다면, 당신은 그렇게 하겠습니까?"

"당신에게는 지금 당신이 원하는 어느 시점으로 되돌아가서 당신이 내렸던 결정을 다시 바꿀 수 있는 기회가 주어졌습니다. 그런데 대신에 그 시점 이후에 당신에게 일어났던 모든 일들은 없어지고 맙니다. 그런데도 되돌아가고 싶은 어느 시점이 있습니까?"

지음이는 낡은 책을 가득 채운 이 질문들이 정말 흥미롭다고, 또 대답을 하고 듣는 것이 아주 특별한 일이라고 생각하는 모양이었다. 난, 모르겠다. 말만 그럴듯하게 답하면 뭐가 달라지나? 그냥 라디오나 들어 버릴까. 내 마음을 읽기라도 한 것처럼 지음이가 말했다.

"그 이어폰 좀 빼면 안 돼?"

내 왼쪽 귀에 꽂힌 이어폰. 음악이나 라디오를 듣지 않을 때도 이어폰을 꽂고 있는 것은 고등학교에 와서 생긴 버릇이다. 한쪽이라도 꽂고 있어야 마음이 편했다. 지음이가 빼라고 한다고 해서 빼는 것도 웃기고 싫다고 말하는 건 더 이상하다. 못 알아들은 척 딴청을 부려 봤다가 이런 내 자신이 바보 같아서, 말했다.

"안 들어."

지음이는 입술을 꾹 다물고는 고개를 돌렸다. 불쾌한 기분이 뱃속 어딘가에서부터 스멀스멀 올라왔다. 내가 왜 여기에 나와 있는 거지, 진짜?

처음부터 난 야자를 빠지고 싶지도 않았고 이런 일을 하고 싶지도 않았다. 조퇴증도 받지 않고 몰래 교실을 빠져나와 학교 어딘가에 숨어 있는 일 같은 건. 지음이는 같이 나가겠냐고 묻지도 않았다. 내가 자기랑 뭐든 같이 하는 게 당연한 것처럼 행동했다. 그리고 난…… 그래, 나도 아무것도 묻지 않고 그냥 따라 나왔다. 우리는 제일 친한 친구니까, 지음이가 하는 일은 나도 같이 하는 게 당연한 것처럼.

하지만 그게 정말 당연한 걸까. 사실은 이게, 지금 내가 가장 묻고 싶은 질문이다.

"당신은 시합을 할 때 당신보다 강한 사람과 하고 싶습니까, 아니면 약한 사람과 하고 싶습니까? 그리고 다른 사람이 지켜보고 있을 때는 어떻습니까?"

"당신은 주변에 남자들에게 둘러싸여 있기를 원합니까, 아니면 여자들에게 둘러싸여 있기를 원합니까? 당신이 아주 가깝게 지낸 친구들 중에는 남자가 많습니까, 여자가 많습니까?"

무릎담요 아래 손을 넣고 MP3 플레이어만 만지작거렸다. 지음이가 눈치채지 못하게 살짝 라디오를 켤까, 하는 생각이 자꾸 들었다. 사실은 교실로 돌아가서 문제집이나 풀고 싶다. 하지만 벌떡 일어나 난 들어갈래, 하고 말할 용기가 없는 나는 라디오 속으로라도 도망치고 싶어 하는 것이다. 겨우 그 정도의 용기밖에 없다.

태랑이가 질문을 골랐다.

"그 사람에게는 아무런 죄도 없습니다. 그런데 그 사람을 죽이면 이 지구상의 굶주림이 한순간에 사라져 버립니다. 이럴 경우 당신은 그 사람을 살해하겠습니까?"

무심코 대답했다.

"나는 내가 죽는 거면 죽고, 아니면 안 할 것 같아."

"김서인, 웃겨. 보면 은근히 과격하다니깐."

태랑이 웃어 대었다. 박태랑은 모든 것을 재미있어하는 애다. 나보고 웃기다고 하는 걸 보면 말 다했다.

"서인이는 진짜 얌전한 줄 알았는데."

주원이가 신기하다는 듯이 말했다.

"서인이가 어딜 봐서 그래?"

지음이는 어딘가 의기양양한 태도로 말했다.

"서인이 되게 씩씩해."

지음이의 말이 마음에 걸렸다. 나는 정말 씩씩한 애일까? 아니, 내가 씩씩하고 아니고가 중요한 게 아니다. 지음이가 그렇게 말하면 사람들은 모두 내가 그런 애인 줄 안다. 서인이는 씩씩한 애야, 서인이는 미역 싫어해, 서인이는……

미역을 싫어했던 것은 중학교 2학년 때까지였다. 언젠가부터 미역국의 건더기까지 다 먹게 되었다. 지음이도 어, 미역도 다 먹었네? 하고 놀라워했었다. 그런데도 지음이는 그게 어쩌다 일어난 특수한 실수였던 것처럼 되풀이해서 말하는 것이다. 서인이는 미역 싫어해, 내가 바뀔 리 없다는 듯이. 그리고 지음이가 그렇게 말하면, 애들은 내가 정말 그런 줄 안다.

희민이가 다음 질문을 골랐다.

"백칠 번. 당신과 진실로 한 마음이 될 수 있는 친구 한 명을 얻되 그밖에 친구들은 사귈 수 없는 것과, 이토록 한 마음이 될 수 있는 친구는 없지만 대신 많은 친구들을 사귈 수 있는 것, 이 중에서 당신은 어느 쪽을 선택하겠습니까. 자, 어느 쪽이야?"

태랑이는 자기는 무조건 질보다 양이라고 말했다. 박태랑다운 대답이라 생각했다.

"난 한 명."

지음이가 말했다. 누가 누르기라도 한 것처럼 어깨가 뻑뻑하고 무거워졌다. 그 한 명은 나일까. 고개를 들고, 진실로 한 마음이 될 수 있는 친구답게 웃어야 하나.

지음이와는 중학교 1학년 때 처음 같은 반이었다. 그때는 친하기는 했어도 아주 가깝지는 않았다. 그렇지만 3학년 때 또 같은 반이 되었고 선생님과 아이들과 엄마들이 우리 둘을 묶어서 부르기 시작했다. 둘이 같이 있으면 너희는 참 사이 좋다고 말했다. 내가 혼자 있거나 다른 애들과 있으면 지음이는 어디 있냐고 물었다. 당연히 같은 학원을 다닐 거라고 생각하고 당연히 소풍 사진과 졸업식 사진을 같이 찍을 거라고 생각했다.

지음이와 내가 같은 고등학교에 오고 같은 반이 되었을 때는 너희는 정말 인연이구나, 하고 다들 말했고 얼굴마저 닮아 간다고도 했다. 그런 말을 들으면 지음이는 웃었다. 내 팔짱을 꼈다. 그럼요, 하고 말하기도 했다.

하지만 요즘 나는 자꾸 생각하게 된다. 우리는 정말로 친하게 되었던 걸까? 어쩌면 다른 사람들이 보는 것에 맞춰서 행동한 것은 아니었을까? 우리는 진짜 친구이긴 한 걸까? 내가 이런 생각을 한다는 걸 지음이가 알면 엄청난 배신감을 느끼겠지. 그래도 생각이 나는 건 어쩔 수가 없다.

여덟 시 십 분, 쉬는 시간 종이 쳤다. 교실에서 멀어서 작게 들릴 줄 알았는데 의외로 가깝게 들렸다.

"우리도 좀 쉴까?"

태랑이가 말하고, 나는 아무도 눈치채지 못하게 라디오를 켰다. 주파수는 맞춰져 있다.

"…… 저도 요즘 춘곤증 때문에 아주 힘들어요. 낮에 방송을 가면 막 졸아요. 녹화 때도 졸고. 저번에는 뮤직스튜디오 무대에 섰는데, 노래하면서도 너무 졸린 거예요…… 지민 씨, 나 얘기하는 데 졸지 말아요! 나 안 졸았어요! 에이, 입가에 그 침자국은 뭐예요, 네?"

은파랑의 목소리를 들으니까 묘하게 기분이 편해졌다. 지음이가 이상하다는 듯 쳐다봐서 입을 꾹 다물었다. 내가 '내게 주파수를 맞춰 봐'를 듣는다고 하면 지음이는 기겁을 하겠지. 지음이는 은파랑 같은 가수들을 싫어한다. 나도 작년까지는 그랬다. 하지만 이젠 나는 은파랑의 노래도 라디오도 좋아한다.

"뭐 먹을 것 좀 사 올게."

태랑이가 자리에서 일어났다. 희민이도 몸을 일으켰다.

"여기 앉아 있으니까 좀 춥다. 뜨거운 캔커피도 사자. 커피 안 마시는 사람 있어?"

태랑이와 희민이는 부서진 계단을 올라 어둠 속으로 사라졌다. 지음이는 어색하게 고개를 돌렸다.

"태랑이랑 너 사귀는 거야?"

갑자기 주원이가 지음이에게 물었다.

"아니."

지음이는 딱 잘라 말했다. 김주원은 고개를 갸웃거렸다.

"그래? 그럼 태랑이는 희민이랑 사귀기로 한 건가?"

김주원은 좀 생각이 없는 애가 아닐까? 왜 그런 소리를 지음이에게 하는지 모르겠다. 지음이는 참을성 있게 설명했다.

"태랑이는 원래 여자애들하고 친해."

"하긴, 서인이 너랑도 친하지?"

주원이가 내게 말했다. 또 나한테 친한 척이다. 박태랑은 아이들이든 선생들이든, 모두와 친하다. 중학교 때부터 그랬다. 나와 조금 더 가까운 것일 수도 있겠다. 나는 지음이의 친구이니까. 그래서 아이들은 날 부러워하기도 했다. 태랑이 생일파티 갔었어? 와, 태랑이네 집도 가 봤어? 하지만 그건 다 지음이 때문이다. 지음이가 아니었다면 태랑이는 내 이름도 몰랐을 거다.

지음이가 없다면 나는…….

초라해지는 생각은 하기 싫다. 나는 라디오 볼륨을 높였다. 지음이가 보는 것을 알았지만 모르는 척했다.

"…… 다들 잠 좀 깨셨나요. 지금이 딱 졸릴 때죠, 저녁 먹고 야자할 때. 그럼 우리, 내기를 해야죠. 목요일의 코너, 내기할래! 여러분이 인터넷 게시판에 올려 주신 재미있는 내기를 소개해 드려요. 내기를 걸고 싶은……"

이럴 때면 라디오 속의 누군가가 지금 내 옆의 사람들보다 가깝게 느껴진다. 아무 생각 하지 않아도 되고 말하지 않아도 되는, 그래도 늘 옆에 있어 주는 진짜 친구처럼.

"자, 자, 김서인, 현실로 돌아와."

태랑이가 손가락을 딱 튕겼다. 마지못해 오른쪽 이어폰을 뺐다. 도대체 어디가 현실인 건데? 일부러 왼쪽 이어폰은 빼지 않고 그냥 두었다.

태랑이와 희민이가 사 온 과자를 먹고 커피를 마셨다. 야자 2교시를 알리는 종이 쳤고 지음이는 당연한 듯 시작하자, 라고 말했다.

"네가 골라 봐."

주원이가 내게 책을 넘겼다. 아까 몇 번이나 됐다고 거절했는테, 애도 참 끈질기다. 어쩔 수 없이 책을 받아 들었다. 어떤 질문이나 상관없다. 어차피 답을 알고 싶지도 않은걸.

"빨리 골라."

지음이가 말했다. 재촉하지 마, 입술까지 나온 말을 삼키고 아무 질문이나 찍었다. 당신이 가장 최근에 남과 싸운 때는 언제입니까? 원인은 무엇이었고, 결과는 누구의 승리로 끝났습니까……

내가 막 질문을 읽으려는 순간이었다. 위에서 쿵 소리가 났다. 모두 얼음, 한 것처럼 멈추었다. 태랑이는 들고 있던 과자 봉지를 아주 조심스럽게 바닥에 내려놓았다. 설마, 경비 아저씨일까? 타박타박 발걸음 소리가 나고,

"악! 어?"

소리를 지른 희민이가 멋쩍어하며 머리카락을 쓸어 넘겼다. 아저씨가 아니라, 우리 학교 애였다. 주원이는 황당하다는 듯 말했다.

"와, 유성호, 여기서 뭐 해? 진짜 놀랐다, 야."

"야, 내려와. 거기 있다간 걸려."

태랑이가 급하게 말했다. 그 애는 비틀거리며 계단을 내려왔다. 걷는 폼이 좀 이상했다. 배가 아픈 애처럼 허리를 수그리고, 두 팔로 체육복 뭉치를 끌어안고 있었다.

"우리 반 애야. 유성호. 맞다, 서인이 너 만화부지? 성호 알겠네?"

태랑이가 말했다.

"와, 서인이가 만화부야? 안 어울리는데."

김주원이 말했다. 어색해서 고개만 끄덕이고 말았다.

유성호. 얼굴만 안다. 말을 해 본 적은 없다. 좀…… 이상한 애라고 생각했다. 선배들하고도 친구처럼 얘기하고 행동하는 애. 그게 건방진 게 아니라 자연스러워서 1학년 중에는 유성호를 2학년이라고 착각하는 애도 있었고, 1년 학교 늦게 들어와서 우리보다 한 살 많다는 소문까지 있었다.

성호는 놀라거나 당황한 기색 없이 우리를 죽 둘러보았다. 진짜 이상한 애다. 뭘 하고 있었냐고 묻기라도 해야 하는 게 아닐까? 차라리 내가 더 당황스러웠다. 들킨 것 같은 기분이었다.

"그게 뭐야?"

태랑이가 성호가 안고 있는 체육복 뭉치를 가리키며 물었다. 성호는 조금 팔을 폈다.

"고양이다!"

희민이가 호들갑스럽게 외쳤다. 정말이었다. 체육복 속에 들은 것은 아주 작은, 쥐라고 해도 될 만한 조그만 고양이였다. 나는 왼쪽 귀에 꽂았던 이어폰을 마저 뺐다. 성호가 고쳐 앉느라 잠깐 손을 떼자 고양이는 작게 울었다.

"와, 삐악삐악 그러는 거 같다."

태랑이는 몸을 굽혀 고양이를 들여다보았다. 정말로 삐이 하는 가느다란 울음 소리였다. 너무 신기했다. 이렇게 작은데, 살아 있었다.

어디서 데려온 거야? 어미는? 얘 혼자만 있었어? 희민이와 태랑이의 질문이 쏟아지고 성호가 대답했다.

"오늘 아침에 오다가 봤어. 테니스장 쪽에서. 어미가 데려갈 거라고 생각했는데, 아까 점심 때 와 보니까 중학교 애들이 데리고 장난치더라고. 못하게 하긴 했는데…… 사람 손을 타서 그런 건지, 어미가 잃어버린 건지 계속 그 자리에 있어서, 그냥 두면 죽을 것 같아서. 상태가 안 좋아."

성호의 말에 모두 조용해졌다. 희민이가 눈살을 찌푸리며 말했다.

"그럼 빨리 병원부터 가야지."

"그러려고 했는데, 담임이 조퇴증을 안 써 줘서. 자꾸 신경이 쓰여서 그냥 나왔어."

"아, 그러면 너도 그냥 나온 거야? 우리 반에서 세 명이나 나온 거잖아. 이러다 걸리겠다."

주원이가 투덜대었다. 너무 무신경한 말이어서, 화가 났다. 너는 지금 그게 더 걱정이 되니?

"동물 병원이 열 시 넘어서도 해?"

희민이가 다시 물었다. 희민이는 동물에 대해 잘 아는 것 같았다.

"우리 동네에 열두 시까지 하는 병원 있어."

성호가 대답했다.

나 같으면 길 잃은 아기 고양이를 발견했다 하더라도 어쩔 줄 몰라 하다가 모른 척해 버렸을 것이다. 저렇게 고양이를 안고 책임지려 할 수도 있다는 생각은 한 번도 해 본 적이 없었다.

"대단하다."

말이 흘러나왔다. 태랑이가 무슨 소리냐는 듯 나를 돌아보았다. 성호도 나를 바라보았다. 얼굴이 빨개지는 것이 느껴졌다. 뭐라고 설명을 할 수가 없어서 고개를 돌렸을 때, 지음이가 『질문의 책』을 들고 다른 손으로 책표지를 톡톡 두드리는 것이 눈에 들어왔다.

순간, 지음이가 초조해하고 있다는 것을 깨달았다.

지음이는 저 책을 계속하고 싶은 것이다. 고양이야 죽든 말든, 살리려 애쓰든 지음이에게는 상관없다. 지음이는 자기 계획이 틀어지는 것을 싫어한다. 언제나 자기 뜻대로 해야만 한다.

"서인이 너 고양이 좋아하나 보다."

주원이가 내게 말했다. 그러자 지음이가 딱 잘라 말했다.

"서인이는 고양이 안 좋아해."

"그걸 네가 어떻게 알아?"

나도 모르게 딱딱하게 대꾸했다. 지음이가 입을 벌렸다. 놀란 것 같았다. 사실은 말한 나도 놀랐다. 이제껏 지음이가 나에 대해 뭐라고 하든 토를 단 적은 없었는데.

"너 고양이 싫어하잖아."

"안 싫어해."

지음이는 나를 바라보았다. 그래, 난 고양이를 좋아한다고 말한 적도 없고 지음이랑 지나가다가 도둑고양이를 보면 같이 소리를 지르고 피했다. 하지만 싫다고 말한 적이 없는 것도 사실이다. 그래서 지음이는 당연히 나도 자기처럼 싫어한다고 생각했겠지.

"지금 고양이 가지고 싸울 일은 아닌 것 같은데?"

태랑이가 끼어들었다. 주원이는 크게 웃었다.

"저게 싸우는 거야? 그 정도가 싸우는 거면 박태랑, 너랑 나는 완전 피 튀기며 전투하는 거겠다."

"근데 걔 추울 텐데. 뭐 따뜻한 거 있어?"

희민이가 말을 돌렸다.

"아까 캔커피 사와서 같이 뒀는데, 벌써 식었어."

성호는 어미를 잃은 새끼 고양이들은 체온 저하로 죽는 일이 가장 흔하다고 담담하게 말했다. 나는 무릎에 덮었던 담요를 집었다.

"이거, 더 덮어."

"어…… 괜찮은데."

성호는 처음으로 당황한 얼굴을 하고 한 손을 뻗어 내 무릎담요를 잡았다. 담요가 없으니 금방 추워졌지만 참을 만했다.

"따뜻한 거 사다 줄까?"

태랑이가 관심을 보이며 물었다. 지음이는 날선 시선으로 태랑이를 보았다. 하지만 태랑이는 느끼지 못한 모양이었다. 성호가 그래 주면 좋겠다고 대답하자 태랑이와 주원이와 희민이는 신이 나서 어디서 따뜻한 음료수를 구해 올 수 있을지 토론하기 시작했다.

아직 매점 열었나? 아니야, 쉬는 시간 끝나면 닫아. 그럼 자판기로 가야겠네? 그쪽은 안 돼, 교무실하고 너무 가깝잖아. 그럼 이층 음악실 쪽? 거기면 3학년 야자 감독 선생님한테 바로 걸릴걸? 차라리 교무실 쪽이 나아. 교무실엔 지금은 사람 없을 지도 몰라……. 중학교로 갈까? 바보, 거긴 다 잠갔겠지.

"그럼 우리 갔다 올게!"

결정을 내린 태랑이와 주원이가 신나게 말하며 일어서자, 지음이가 따라 일어났다.

"나도 갈래. 망볼게."

몸을 반쯤 일으키던 희민이는 도로 앉았다.

"그럼 난 그냥 여기 있을게. 셋이 다녀와."

지음이는 내 쪽은 보지도 않은 채, 계단을 올라가 어둠 속으로 사라졌다. 화를 식히려는 것인지도 모르겠다.

갑자기 희민이가 풋 웃었다.

"너랑 지음이는, 되게 친한 거 같다."

"그런 얘기 많이 들어."

희민이는 재미있는 얘기를 들었다는 듯 눈을 반짝였다.

"그런데 사실은 아니라는 것처럼 얘기하네?"

"아니, 그런 게 아니라……"

뭔가 말리는 기분이라서 입을 다물었다. 문득 성호와 희민이, 낯선 아이들하고만 있다는 것이 의식되었다.

지음이와 같은 반이었기 때문에, 고등학교에 와서도 나는 낯선 아이들하고만 있을 틈이 없었다. 누군가는 그래서 좋았겠다고 말하기도 했다. 하지만 나는 그래서 만화부에 들기로 결심했었다. 지음이는 절대 선택하지 않을 만화부에.

같이 할 수 있는 거로 하지, 왜. 지음이는 날 이해 못했고 나는 대답을 하지 못했다. 우린 매일 같은 교실에서 공부하고 같이 밥을 먹고 같이 집에 가는 버스를 타잖아. 일주일에 한 번만이라도 네가 모르는 곳에서, 네가 모르는 사람들과 있고 싶어……. 내가 이런 생각을 한다는 것을 지음이는 짐작할 수 있을까.

"지음이, 태랑이한테 들었던 것보다 더 재미있다. 이런 거 할 생각도 하고."

희민이가 말했다.

"그렇지."

중얼거렸다. 지음이는 자기가 원하는 걸 알고, 한다. 나와는 다르다.

"지음이도 그렇고, 서인이 너도 여기 중학교 나왔지? 태랑이랑 같이. 익숙해서 좋겠다."

"그렇지도 않아."

같은 재단의 중학교에서 고등학교로 진학하는 것은 헤어져 나달거리는 낡은 옷을 삼 년 더 입어야 한다고 선고 받는 것과 같다. 교복 치마가 플레어에서 에이라인으로 바뀌고 교표 색깔이 바뀐 것만 빼면 모든 게 똑같다. 건물 안도 복사해서 갖다 붙이기라도 한 것처럼 비슷했다. 그리고 지음이까지. 중학교 때와 전혀 달라진 것이 없기 때문에 오히려 뒤쳐진 느낌이 든다는 것을 어떻게 설명해야 할까.

"계속 같은 학교 다니는 기분이라서, 그냥 계속 중학생 같아. 고등학생이 되었으면 달라져야 하잖아. 근데 안 그러니까……."

"굳이 달라져야 할 필욘 없는 것 같은데."

성호가 불쑥 말했다.

"삼월 이일 오늘부터 고등학생 시작, 이렇게 말하는 게 더 웃기지 않아?"

내 말에 동조해 주지 않았는데도, 기분이 나쁘지 않았다. 도리어 산뜻했다.

"난 있지, 하나도 다를 게 없을 것 같았다? 재미없을 줄 알았어. 근데 생각보단 재밌어."

희민이가 두 팔로 무릎을 감싸안으며 말했다.

"역시 기대치의 문제일지도."

성호가 고개를 끄덕였다.

편했다. 오늘 밤 여기 나와서 처음으로, 숨통이 트이는 기분이었다. 답을 생각하려고 애쓰지 않고 그냥 말하는 것. 어쩌면 바로 이런 게 이 밤에 가장 잘 어울리는 대화가 아닐까. 지음이가 없었다면 난 초라해지는 게 아니라 바로 이런 아이들과 친구가 되었을지도 모른다.

지금은 손에 든 이어폰을, 주머니에 넣어도 될 것 같았다.

뜨거운 커피 캔을 사 들고 잔뜩 흥분한 아이들이 돌아왔다. 태랑이와 주원이는 들킬 뻔한 위기를 어떻게 모면했는가 구구절절 설명했고 성호는 고마워하면서 캔을 체육복 팔부분에 잘 싸서 고양이와 함께 안았다.

거기까지는 좋았다. 그런데 자리에 앉은 지음이가 책을 집으며

다 들도록 큰 목소리로 말했다.

"됐지? 그럼 우리 이거 계속 하자."

됐지라니, 베풀어 주는 것 같은 말투였다. 그 책에서 질문을 찾고 대답하는, 자기의 계획이 훨씬 더 중요한데 왜 쓸데없는 일에 신경을 쓰느냐고 우리를 타이르는 것 같은 말투. 성호에게 그만 방해하라고 말하는 것 같은 말투.

쫙, 찬물을 끼얹은 것처럼 성호와 희민이와 있었을 때 느낀 편안함은 순식간에 사라졌다. 뭔가 중요한 것에 가까이 닿은 것 같았는데 다시 멀어져 버렸다.

넌 언제나 그래. 네가 하는 일이 제일 중요해. 넌 물어보지도 않아. 네 생각과 같을 거라고 지레짐작할 뿐이야. 누가 지금 그걸 하고 싶어하는데?

"지금 그걸 꼭 해야겠어?"

참았던 말이 튀어나왔다. 지음이는 내 말을 이해 못한 것 같았다.

"무슨 소리야, 이거 하려고 나온 거잖아."

"그건 네 생각이지. 지금까지 했음 됐잖아. 이젠 그만 좀 해. 넌 만날 너 하고 싶은 건 다 해야 하니?"

목소리가 갈라지고 떨렸다. 얼굴에 열이 몰렸다. 팽팽하게 부풀어 오른 풍선이 팡 터진 것처럼, 머릿속에서 말들이 꽝꽝 울렸다.

"무슨 말을 그렇게 해? 이걸 지금 나만 하고 싶어서 하는 거니?

하기 싫었으면 처음부터 애기했음 됐잖아!"

지음이는 잔뜩 굳은 얼굴로 목소리를 높였다. 그런 걸까? 말을 하면 되는 거였을까? 난 처음부터 너랑 다른 생각을 하지 못하게 되어 있었는데.

"맘대로 해. 난 빠질래."

나는 뒤로 물러앉았다. 좁아서 얼마 물러나지도 못했다. 이어폰을 양쪽 다 꽂고 볼륨을 높였다.

"……아주 독특한 영화일 것 같은데요? 기대하셔도 좋습니다. 하하! 오늘 일일 고민 상담사로 나오셨는데 최인후 씨는 고민 없으세요? 고민 없는 사람도 있나요? 저는 사람들이……"

몇 십 분 같은 몇 초가 흐르고 지음이는 벌떡 일어나 계단 위로 올라가 버렸다. 태랑이가 뒤를 따랐다. 나는 두 손으로 얼굴을 가렸다. 얼굴이 뜨거웠다. 이어폰에서 사람들이 떠드는 말들을 하나도 알아들을 수가 없었다.

할 말을 했다는 생각은 잠깐, 곧 가슴이 죄어들었다. 지음이에게 화를 냈다. 삼 년 만에 처음이었다. 하필이면 이런 곳에서, 이런 시간에, 이 아이들 앞에서. 이게 아니다. 지음이를 화나게 만들 생각은 아니었다. 그럼 난 뭘 바랐던 거지? 왜 그런 소리를 한 거지?

어쩔 거야. 어떻게 할 거야. 귓속에서 사람들이 웃었다. 시끄러워…… 나는 이어폰을 빼 버렸다. 너무 조용했다. 누구도 아무 말도 하지 않는 정적, 내가 한 말들이 아직도 그 자리에 남아 있는 것 같았다.

"가 봐야 하지 않나?"

성호였다. 차분한 말투였다. 주원이는 당황한 기색으로 내 눈치를 살피고 희민이는 작게 한숨을 쉬었다. 지음이에게 무슨 말을 해야 하나? 화내서 미안해? 잘못했어? 머릿속이 하얗다. 나는 MP3와 이어폰을 주머니에 넣고, 자리에서 일어났다.

돌계단을 올라가자 원형극장 반대쪽 계단 위에 지음이가 고개를 무릎에 묻은 채로 앉아 있는 것이 보였다. 설마, 우는 걸까. 태랑이는 이쪽으로 걸어오고 있었다.

"혼자 있고 싶대."

가까이 다가온 태랑이가 말했다.

"왜 그랬냐, 지음이가 뭘 그렇게 잘못 말했다고."

태랑이의 말에 울컥 치밀어 올랐다. 억울했다.

"그래, 내가 잘못했다. 잘못했다고. 사과하면 되잖아."

"서인이 너, 오늘 왜 그렇게 삐딱해. 고양이가 뭐가 그리 중요해?"

"이건 고양이하곤 아무 상관 없어. 지음이는 늘 그러잖아, 항상……."

"너는, 네가 지음이에게 끌려 다닌다고 생각해?"

박태랑이 대뜸 물었다. 뭐? 허를 찔린 기분이었다. 내 대답을 기다리지 않고 태랑이가 말을 이었다.

"나는 너 오늘 안 나올 줄 알았어."

"…… 무슨 소리야."

태랑이는 내 얼굴을 살피듯 바라봤다.

"지음이가 그렇게 말하던데. 요즘 서인이 너, 지음이랑 같이 다니고 싶어 하지 않는다고."

태랑이의 말이 잘 이해가 되지 않았다. 무슨 소리야? 지음이가 너한테 무슨 말을 한 거야? 태랑이가 말했다.

"정말 나오고 싶지 않았던 거면 나오지 말지 그랬어."

머리가 지끈거렸다. 저절로 목소리가 커졌다.

"내가 어떻게 그래? 지음이는 나한테 묻지도 않는다고. 언제나 자기 생각대로만 하고!"

"그리고 서인이 넌 지음이에게 네 생각을 말하지 않지."

태랑이가 말했다.

"지음이는 요즘…… 그래서 힘들어하는 거 같더라. 당연히 부담스러운 거잖아. 늘 같이 다니는데 편하지가 않으면."

"야, 나도 힘들어. 난 뭐 좋아서……."

말문이 막혔다. 방금 태랑이가 한 말의 의미가 너무나 섬뜩하게 다가왔다. 지음이가, 나 때문에 힘들었다고? 나를 부담스러워했다고? 나는 내가 그렇다고 생각했다. 지음이는 아무것도 눈치채지 못하고 날 제일 친한 친구로 여긴다고 생각했다. 난 그게 부담스러웠다. 그런데 지음이가…….

"지음이랑 굳이 같이 있어야 할 필욘 없어. 너한테 그런 의무가 주어져 있는 건 아니라고."

머리가 점점 아파 왔다.

"더 이상 친구가 아니면 아닌 거야. 억지로 친구 노릇 할 수 있는 것도 아니고. 너나, 지음이나."

태랑이가 말했다. 나나, 지음이나 억지로 친구인 척할 것 없다고…… 지음이도, 내게, 억지로 그러고 있는 거라고? 태랑이는 한 걸음 다가와 내 어깨에 가볍게 손을 대었다가 떼었다.

"가 봐."

태랑이가 그렇게 말하지 않아도, 난 지음이와 얘기를 해야만 했다.

"지음아."

지음이는 고개를 들었다. 어두워서 정말 울었는지 아닌지 보이지 않았다.

"미안하다."

지음이가 먼저 툭 던지듯 말했다.

"내 맘대로 해서 미안해."

"아냐, 야, 그런 게 아니라……."

난 지음이에게 사과 받고 싶은 게 아니라……

"아니면 뭐. 나더러 뭘 어쩌라고."

지음이의 목소리가 날카롭게 들렸다. 지음이가 내게 저런 목소리로 말한 적이 있었던가? 한동안 둘 다 아무 말 못했다. 바람이 불었다. 그림자가 사납게 흔들렸다. 차갑고, 추웠다. 지음이는 한 풀 죽은 목소리로 말했다.

"몰라. 너 그런 게 하루 이틀이야? 됐어."

하루 이틀이 아니라는 말을 할 정도로 지음이는 그렇게 나를 힘들어했었나? 나는 몰랐다. 언제나 힘든 것은 나라고 생각했다. 지음이가 나를 힘들게 한다고 생각했다.

"에잇."

지음이가 벌떡 일어났다. 힘껏 기지개도 폈다. 얼굴도 슥슥 문지르고는, 됐어, 돌아가자, 밝은 목소리로 말했다.

지음이는 언제나 그렇다. 언제나 밝고 긍정적이고 쉽게 웃는다. 나는 지음이가 원래 그런 애인 줄 알았다. 넘어가기로 결심하고, 밝아지기로 다짐하고, 꾹 삼키고 웃는 줄 몰랐다. 나는 지음이에 대해 뭘 알고 있었던 것일까. 지난 삼 년간 무슨 착각을 했던 것일까.

내가 움직이지 않자 지음이가 말을 꺼냈다.

"주원이가 너한테 관심 있대."

"뭐?"

"근데 이젠 과거형이 될 것 같다. 너 아까 너무 까칠했어."

지음이는 치맛자락을 툭툭 털었다. 도저히 이해가 되지 않아서 뭐? 하고 다시 물었다.

"태랑이 생일 때 봤잖아. 그때부터 관심 있었대."

"자기가 날 얼마나 안다고……."

"넌 만날 그래."

지음이는 물끄러미 나를 바라보았다.

"누구도 널 모를 거라 생각하지. 삼 년 알고 지낸 나도 그런데 주원이는 말할 것도 없겠네. 하긴, 나도 널 잘 모르겠으니까……."

지음이는 목이 메는지 울먹이는 목소리로 말했다.

"내가 뭘 더 어떻게 해야 되니? 난 진짜 모르겠다. 너랑, 태랑이랑, 그렇게 제일 친한 친구라고 생각했는데, 이젠 진짜 모르겠어. 그래도 잘해 보려고 했는데. 뭘 더 어떻게 해야 하는지 모르겠다."

지음이는 모르겠다는 말만 되풀이했다. 그 말들이 하나하나 가

시처럼 내 안에 박혔다. 지음이는 다 안다고 생각했다. 아니면 스스로 안다고 생각할 거라 믿었다. 모르면서도 노력하고 있다고는, 아니, 모르기 때문에 노력하고 있다고는 한 번도 상상해 본 적이 없다.

"나 보기 싫으면 같이 안 다니면 되잖아. 너도 네 맘대로 하면 되잖아."

지음이의 말에, 나는 다시 한 번 아무 뜻 없는 말을 되풀이할 수밖에 없었다.

"지음아, 난 그런 게 아니라……."

"그런 게 아니면 뭔데? 진짜 왜 그러는 건데? 네가 무슨 생각 하는지 말해 주지도 않는데 내가 어떻게 알아. 그러는 넌 내 생각을 다 알아?"

물어보지 그랬어, 같은 말은 할 수가 없었다. 나도 묻지 못했다. 멋대로 지음이의 생각을 짐작하고 판단하고 원망했던 건, 나다.

"…… 그만하자."

말하고, 지음이는 몸을 돌렸다. 더 말할 것이 없다는 듯이, 해 봤자 소용없다는 듯이, 포기한다는 듯이.

나는 지음이의 뒤를 쫓아가지 못했다. 발이 떨어지지 않아서 찬 바람을 맞으며 그 자리에 한참을 더 서 있었다. 주머니에 손을 넣자 이어폰과 MP3가 손에 잡혔다. 나는 이어폰을 왼쪽 귀에 꽂았다. 손가락이 얼어서 귀에 제대로 걸리지가 않았다.

"…… 야, 오늘 최인후 씨 인기 좋네요. 질문이 이렇게 많이 들어오는 초
대 손님은 또 처음이에요. 다들 궁금하신 게 많은가 봐요, 네, 짧은 시간 최
대한 많이 답 좀 해 주세요……"

은파랑의 목소리가 허무하게 울렸다. 나는 잡아 뜯듯이 이어폰
을 뺐다. 아무리 친근한 목소리로 말해도 내게 말하는 건 아니다.
내가 물어도 답하지 않고 내게 묻고도 귀 기울이지 않는다. 난 여
기에 혼자 있다. 내겐 아무도 없다. 내가 그렇게 만든 것이다.

원형극장을 둘러싼 나무들이 바람에 스산한 소리를 냈다. 나를
비웃는 웃음소리 같았다.

"아직 시간 좀 남았는데, 질문 더 찾아 볼까?"

주원이가 『질문의 책』을 집었다. 희민이는 한껏 높인 목소리로
좋다고 대답했다. 내가 자리에 돌아올 때까지 기다린 모양이었다.
둘은 내가 엉망으로 만든 분위기를 바꾸기 위해 노력하고 있다.
지음이는 고개를 숙인 채 내 쪽은 보지 않았다.

"오, 이 질문 좋다. 들어 봐. 당신이 어떠한 경험을 하게 된다
면, 경험하는 그 순간의 느낌과 시간이 흐른 후에 당신의 가슴 속

에 남아 있을 기억 중 어느 것이 더 소중하다고 생각합니까?"

주원이가 질문을 읽었지만 아무도 대답하지 않았다. 희민이는 조금 곤란한 얼굴로 열심히 대답을 생각하는 듯했다. 그때 성호가 천천히 말하기 시작했다.

"가장 중요한 것은 나중에나 깨닫게 된대. 그 순간에 바로 깨달을 수 있는 소중함은 아주 작을 것이고…… 못 깨달을지도 몰라. 그러니까 나는, 기억이 더 소중한 것 같아."

갑자기 눈물이 나서 고개를 숙였다.

내가 지금 그러고 있는 걸까? 아주 나중에는 정말 깨닫게 될까? 지금을 후회하게 될까? 사실은 이 시간도, 이 자리도, 이 질문들도, 그리고 지음이도 정말 중요한 건데 내가 모르고 있는 걸까. 그걸 나중에나 알게 된다면 얼마나…… 비참할까.

나는 지음이에게 화를 내고 원망하려는 게 아니었다. 내가 정말 말을 하고 싶었던 건, 지음이가 알아 주길 바랐던 건.

지음아, 난 네가 부러웠던 것인지도 몰라. 넌 너무 잘 사는 것 같아 보였어. 그런데 난 전혀 그렇지가 않아. 네 옆에 있으면서도 난 자꾸 뒤쳐지는 것 같기만 해. 몸에 맞지 않는 옷을 입은 기분이고, 서로 발을 맞추지 못하면서 이인삼각 경주를 계속하는 기분인 거야. 그래서 지음아, 난……

아니, 지음이가 문제가 아니다. 나는 스스로에게 물었어야 했다.

왜 나는 남들처럼 빠르게 걸어가지 못할까. 지음이는 저 앞에 걸어가는 것처럼 보이는데 왜 난 한 걸음도 떼지 못한 것 같을까. 다이어리를 펴 봐도 거기엔 내가 채우지 않으면 언제까지나 비어 있을 여백뿐.

이 막막함을, 너도 이해하니? 다른 어떤 것도 바꿀 수 없어서 너와의 거리를 바꾸고 싶었던 것을. 그렇게라도 하면 뭔가 새롭게 시작할 수 있을 것 같았는데. 난 지음이에게 어리광을 부리고 있었던 걸까. 어쩌면 난 처음부터 잘못 생각했던 걸까?

태랑이가 핸드폰을 꺼냈다.

"십 분 남았어. 슬슬 들어갈까?"

"우리도 가방 가지고 나왔다가 바로 나갈걸. 그 생각을 못했네."

주원이가 성호 가방을 보며 안타까워했다. 성호는 고양이를 잘 추슬러 안고는 내게 담요를 내밀었다.

"고마워."

성호는 담요를 접고 싶어 했던 것 같은데 한 손으로는 불가능했다. 지음이가 잠자코 담요를 받아 접고는 나한테 건네주었다. 가벼워야 할 담요가 철사로 짜인 것처럼 무거웠다.

성호는 교문으로 가고 남은 우리는 원형극장을 나와 운동장을

가로질러 학교 건물을 향했다. 누구도 아무 말도 하지 않았다. 차
박차박 모래 밟히는 소리만 났다.

"조금 이른가?"

주원이가 학교 건물을 올려다보며 말했다. 아직 야자가 끝나지
않은 학교는 어둠 속에 숨죽이고 웅크려 앉은, 빛나는 백 개의 눈
을 가진 커다란 짐승 같았다. 저리로 가면 이제 똑같은 일들이 다
시 반복되겠지. 수업을 듣고, 문제를 풀고, 외우고, 청소를 하고,
밥을 먹고, 걷고, 뛰고…… 아니, 똑같을 수는 없다. 당장 내일부
터 나랑 지음이는 어떻게 되는 걸까?

지음아, 몇 번이나 부르고 싶었지만 말이 나오질 않았다. 바로
옆에서 있는데도 지음이는 이제 너무 멀었다. 이게 내가 원했던
거였나. 아니, 아니었는데.

"삼 분 남았어. 종 치면 올라가자."

태랑이가 말한 순간이었다. 우리 뒤에서 빛 한줄기가 확 비춰
왔다. 그리고 익숙한 목소리가 들려왔다.

"너희 몇 학년이야!"

"메뚜기다!"

희민이가 교감의 별명을 크게 불렀다. 그 말에 손전등이 더 거
칠게 흔들거렸다. 학교 주변을 순찰하고 있었는지 아니면 우리처
럼 야자 땡땡이를 치는 아이들을 잡으러 다니고 있었던 것인지,

교감이 손전등을 휘두르며 성큼성큼 걸어왔다.

주원이가 몸을 돌리며 외쳤다.

"뛰어!"

저절로 발이 움직였다. 희민이와 태랑이가 앞서 달려 나가고 나, 그리고 지음이의 순으로 현관을 향해 뛰었다. 현관은 가까웠다. 금방 교감을 따돌리고 이대로 건물로 들어갈 수 있을 것 같았는데,

"앗!"

오른발이 튀어나온 보도블록에 걸렸다. 지음이가 재빨리 내 팔을 잡았지만 나는 넘어지고 말았다.

"서인아! 괜찮아?"

"어떻게 해, 피 나."

지음이와 희민이의 놀란 목소리가 들리고, 내 팔을 꽉 잡은 지음이의 손이 느껴지고, 곧이어 상처가 사납게 쓰라리기 시작했다. 불에 덴 것처럼 화끈거렸고 조금만 움직여도 무릎을 강판으로 가는 것처럼 아팠다. 일어서려고 했지만 다리에 힘이 들어가지 않았다.

주원이와 태랑이가 주춤, 멈췄다. 둘 다 발이 빠르니까 충분히 건물로 들어갈 수도 있었을 텐데 둘은 내 쪽으로 걸어왔다. 미안하고, 속상하고, 정신이 없는 가운데, 지음이가 여전히 내 팔을 잡고

있다는 것이 뭐라고 말할 수 없이 이상했다…… 아니, 놀라웠다.

지음이는 허리를 굽혀 내 무릎의 상처를 보았다. 그때까지도 내 팔을 잡은 채였다. 지음이는 그 손을 풀지 않고, 우리를 따라 헉헉거리며 뛰어온 교감을 향해 큰 목소리로 말했다.

"먼저 양호실 좀 갈게요, 선생님!"

"와, 이지음, 뻔뻔하다."

태랑이는 혀를 찼다. 재미있어하는 것도 같았다.

"다친 건 다친 거잖아."

지음이는 단호하게 말하고는 아예 쪼그리고 앉아 내 상처를 보았다. 그러느라 지음이는 내 팔을 놓았지만, 팔에 계속 지음이의 손이 느껴지는 것 같았다. 지음이가 물었다.

"많이 아파?"

"괜찮아."

이상한 기분이 들었다. 상처는 너무 아파서 눈물이 날 것도 같고 당장 교감 선생이 뭐라고 할지도 무섭고 내일 담임은 또 무슨 벌을 줄지도 겁이 나는데, 지음이가 아까처럼 멀게 느껴지지 않았다.

다쳤기 때문일까, 함께 혼날 것이기 때문일까. 지금은 우리가 서로에 대해 너그러워질 수 있을 것 같은 시간. 물어볼 수 있을 것 같은 순간. 바른, 옳은, 필요한 질문을 한다면 꼭 맞는 대답을 들을 수도 있지 않을까. 뭘 먼저 물어야 할까. 지금 나는 단 한 가지만이 궁금했다.

"우리, 아직도 친구야?"

지음이는 내 상처로 뻗던 손을 내렸다. 일 초, 이 초, 삼 초…… 지음이가 고개를 들었다. 지음이는 하나도 웃지 않고 무뚝뚝하게 말했다.

"아니면 어쩌게."

"아니면…… 안 되지."

중얼거렸다. 놀랍게도, 지음이의 입가가 슬그머니 올라갔다. 지음이는 웃지 않으려고 애쓰는 것처럼 입술을 꼭 다물었다가 일부러 꾸며낸 삐죽빼죽한 목소리로 내 말을 따라했다.

"안 되면, 안 되지."

웃음이 났다. 누군가 간지럼을 태우기라도 한 것처럼 웃음이 흘러나왔다. 모든 게 웃겼다. 매서운 눈초리를 하고 다가오는 교감과 아픈 무릎의 상처까지도 다 웃겼다. 가벼웠다. 피식거리던 지음이도 곧 소리 내어 웃기 시작했다.

"뭐야, 김서인, 머리도 부딪쳤어? 이지음, 넌 또 뭐야."

어처구니없어하던 태랑이도 웃고, 희민이와 주원이마저 웃었다. 이렇게 웃는 것만으로도, 달라질 수 있을 것 같았다. 지음이가 아까 너 왜 그랬어, 요즘 너 왜 그래 묻는다면 정말로 대답할 수 있을 것 같은 시간. 말하다가 다시 싸우게 될지라도 괜찮을 것만 같은 때.

아마 우리는 내일이면 다시 틀어질지도 몰라. 하지만 지금은 어쩐지, 다 괜찮을 것 같은 생각이 들어. 우리는 내일을 짐작할 수 없잖아. 이렇게 피를 흘리며 현관 앞에서 오도 가도 못하게 될 줄 몰랐던 것처럼. 네가 나처럼 힘들어했다는 것을 알게 된 건 어쩌면 나쁜 일이 아닐지도 몰라.

"너희, 뭘 잘 했다고 웃어! 몇 반 누구야! 이름 대……."

시뻘겋게 화가 난 교감의 호통에 겨우 웃음을 그친 순간, 맑은 종소리가 교감의 말을 덮었다. 따라라리라— 오늘의 야간자율학습이 끝났음을 알리는 종소리였다. 동시에 학교 전체에서 엄청난 소음이 터져 나왔다. 목소리와 웃음, 의자와 책상이 끌리고 밀리는 날카로운 소리와 발소리…… 곧 가방을 움켜쥔 아이들이 현관으로 우르르 뛰어나오겠지. 그 틈에 섞여 몰래 도망칠 수도 있을까? 나는 지음이의 손을 찾아 잡았다. 그러자 지음이도 똑같은 힘으로 손을 잡아왔다.

하지만 우린 마주보며 픽 웃어 버렸다. 십 년 전 졸업생 얼굴까지 기억하는 교감이 우릴 잊을 리가 없다.

"나 너한테 물어보고 싶은 거 많다?"

지음이가 불쑥 말했다.

"응. 나도."

말할 수 있다. 물을 수 있다. 아직 우리에겐 시간이 많다. 나는 다시 지음이의 손을 꼭 잡았다.

◯ 작 가 후 기

『질문의 책』은 그레고리 스톡이 1987년에 쓴 책으로, 내가 가진 한국판 책은 1992년도에 출간된 것이다. 300개 가까이 되는 질문만 담아 놓은 이 책의 성공으로 그레고리 스톡은 『아이를 위한 질문의 책』, 『질문의 책: 애정편』, 『질문의 책: 경제·정치편』 등을 펴냈다. 질문을 만드는 것은, 그래서 생각을 하게 만드는 것은 언제나 흥미로운 일이다.

어렸을 때는 최대한 별난 질문을 하고자 했다. 이상한 질문, 특이한 질문, 그 대답 하나로 상대의 가장 내밀하고 중요한 핵심을 파악할 수 있는 질문. 그러다가 그런 질문들이 상대를 멀어지게만 할 뿐이라는 것을 깨닫고는ㅡ그렇게 결론 내리고는 단순하고 평범한 질문들만 하기로 마음먹었다. 평범한 대화. 평범한 관계. 그러자 당연히도, 조금 외로워졌다.

고등학교 때 이 책을 가지고 친구들과 이야기를 나누었을 때는 대답을 듣기보다 내 이야기를 말하고 싶어서 질문을 했다. 우리는 말하기 위해 묻는다, 고 생각한다. 내가 하는 질문에 나의 고민과 감정이 섞여 들어가는 것은 당연하다. 최근에 그건 잘못된 것이라고 지적을 받고 섬뜩한 기분이 들었다. 하지만 그 지적이 맞다는 생각은 안 든다. 질문과 대답, 대화와 소통은 지극히 편협하고 나에게로 편향되어 있으며 왜곡되는 것이 당연하다. 그 울퉁불퉁하고 천둥번개 치듯 혼란한 가운데 우연처럼 지극히 평온하며 고요한 장소에 닿는다ㅡ그런 순간들을 위해 질문을 한다. 마음을 다해 대답을 한다. 다음 순간에는 무너져 내릴지라도, 파도에 쓸려가듯 사라지더라도.

이야기도 마찬가지이다. 그 어떤 확신도 없지만, 바르고 곧고 온전한 것을 쓸 자신도 없지만 써내려 간다. 문장과 문장 사이, 단어 뒤 그림자 속에 무언가 있다. 빛나고 따뜻한 무언가가. 그것을 쓸 수 있다면 좋겠다. 읽을 수 있다면 좋겠다.

김혜진

대학 졸업 후 글을 쓰기 시작하여 판타지 동화 '완전한 세계의 이야기' 시리즈인 『아로와 완전한 세계』, 『지팡이 경주』, 『아무도 모르는 색깔』을 썼고, 청소년 소설 『프루스트 클럽』, 『깨지기 쉬운 깨지지 않을』을 썼다. 그림도 조금 그렸고 『지붕 위에서』를 비롯한 몇 권의 책을 번역했다. 고집 세고 변덕이 심하고 생각이 많다.

여느 날과
그다지 다르지 않았지만
조금은 다를 뻔했던 날

_ 부희령

내게 주파수를 맞춰 봐_1814MHz
PM 9:10

은파랑: 그럼 지금 열아홉이시란 얘긴데, 얼마나 많이 채이셨기에,
아니 그전에 연애 경험이 얼마나 많으시기에…….
지민: 연애 경험은 없을 수도 있죠. 대시를 했는데 거절당했다,
그런 것도 실연의 범주에 들어가잖아요.
은파랑: 아니죠, 그건 실연이라고 할 수 없죠. 연애를 했다가 끝나야 실연이죠.

아프다.

이것은 비유가 아니다. 정말 왼쪽 발목이 욱신거린다. 차두언,
그 멍청한 자식 때문이다. 하마터면 자전거 체인에 발목이 감겨
아킬레스건이 끊어질 뻔했다. 비가 쏟아지고 있지만 그래도 웬만
하면 집까지 걸어갔을 텐데 발목이 아파 도저히 엄두가 나지 않았
다. 마을버스 정류장 앞 편의점 불빛에 대충 살펴보니 양말이 피
투성이가 되어 있었다. 젠장.

얼마나 다쳤는지 자세히 들여다보려는데 마침 버스가 왔다. 허
둥지둥 버스에 올라타는 나를 기사 아저씨가 아래위로 훑어보았
다. 비 맞은 생쥐 꼴에 티셔츠며 엉덩이, 바짓가랑이가 온통 흙투

성이인 내 꼴이 영 못마땅한 눈치였다. 다행히 버스 안에는 빈자리가 많았다. 뒤통수에 꽂히는 기사 아저씨의 눈초리를 느끼며 나는 가장 가까운 자리에 무너지듯 털썩 주저앉았다.

갑자기 피로가 몰려왔다. 온몸에서 기운이 다 빠져나간 것 같았다. 중간고사니 뭐니 걱정할 일들이 머릿속에 가득했지만 생각하는 것조차 귀찮았다. 기사 아저씨가 틀어 놓은 라디오 소리도 짜증스럽기만 했다. 치직거리는 잡음 사이로 티격태격하는 남녀의 목소리가 들려왔다.

은파랑: 그럼 지금 열아홉이시란 얘긴데, 얼마나 많이 채이셨기에, 아니 그 전에 연애 경험이 얼마나 많으시기에······.

지민: 연애 경험은 없을 수도 있죠. 대시를 했는데 거절당했다, 그런 것도 실연의 범주에 들어가잖아요.

은파랑: 아니죠, 그건 실연이라고 할 수 없죠. 연애를 했다가 끝나야 실연이죠.

실연이라는 말을 듣는 순간 울컥 눈물이 나올 것 같았다. 안 돼. 그럴 수는 없다. 은파랑인가 뭔가 하는 재수 없는 놈이 진행하는 라디오 프로그램을 들으면서 눈물을 흘리다니. 저런 놈들은 누군가를 좋아한다는 것, 누군가를 그리워한다는 게 무엇인지도 모를 것이다. 남의 말을 들을 줄도 모르고, 남의 마음을 헤아릴 줄도 모를 것이다. 혼자 잘났다고 떠들기만 할 게 분명하다. 가능하면 난 귀에 두꺼운 강철 셔터라도 내리고 싶었다.

지금 나는 아프다.

이것은 비유다. 팔이나 다리 같은 몸의 어느 한 부분이 아픈 게 아니라 마음이 아프니까. 마음은 눈에 보이지 않고 손으로 만질 수 없다. 멍이 들거나 피를 흘리지 않는다. 따라서 마음이 아프다는 건 비유일 것이다. 아니, 비유가 아니라 상징인가? 아, 모르겠다. 아무튼 지금 내 마음은 쓰리고 아프다.

멍청한 녀석, 두언이. 지금 두언이의 마음은 어떨까? 집에 잘 들어갔을까? 아직도 비 오는 어두운 거리를 헤매고 있는 건 아니겠지?

생각해 보면 두언이가 중간고사 끝나고 열리는 우리 학교 학술제에서 독창을 하겠다는 황당한 발상을 한 것도 모두 이유가 있었다. 시험도 얼마 남지 않은 때에 두언이가 매일 수업 끝난 뒤에도 한두 시간 이상 노래 연습을 하는 게 수상하긴 했다. 나는 녀석이 노래를 하겠다고 나선 것은 '광장공포증으로 인한 심인성 목소리 장애'를 극복하기 위한 장렬한 몸부림이라고만 생각했다. 두언이는 사람들 앞에만 나서면 갑자기 목소리가 작아졌다. 지난번 조별 수업 때도 대표인 두언이가 개미 소리만 한 목소리로 속삭이는 바람에 결국은 내가 대신 발표를 하고야 말았다.

두언이가 존 레논의 ‘Oh, My Love'를 부를 것이라는 말을 들었을 때는 녀석이 누군가를 염두에 두고 있는 건 아닌지 잠깐 의심을 품기는 했다. 하지만 민족의 앞날과 어머니의 신경성 위염과 우리 나라 교육제도의 비합리성을 고민하느라 밤잠을 설치는, 고지식한 데다 고집불통이며, 발에서는 뭐라 표현하기 힘든 고린내가 나는 차두언이 그럴 리가 없다며 나는 가볍게 의심을 지워 버렸다. 어젯밤 두언이 녀석이 메신저로 말을 걸어오기 전까지는.

거북이는 의외로 빨리 헤엄칩니다. 님의 말:

물어볼 말이 있는데

나한테 말 걸지 마!!! 님의 말:

뭔데

거북이는 의외로 빨리 헤엄칩니다. 님의 말:

그냥… 좀;;

나한테 말 걸지 마!!! 님의 말:

빨리 말 안 하면 나간다

거북이는 의외로 빨리 헤엄칩니다. 님의 말:

내일 시간 있어?

나한테 말 걸지 마!!! 님의 말:

시간이란 없다가도 있는 거…… 있다가도 없는 거……

거북이는 의외로 빨리 헤엄칩니다. 님의 말:

난 심각해.

나한테 말 걸지 마!!! 님의 말:

넌 늘 심각하지.

거북이는 의외로 빨리 헤엄칩니다. 님의 말:

여자한테 고백해 본 적 있어?

순간 나는 화들짝 놀랐다. 녀석이 여자 얘기를 꺼내다니? 어
쩌다가 남자애들 몇 명이 어울려 여자애 누구누구가 어땠더라
는 얘기를 화제에 올리기라도 하면, 두언이는 우리를 저질 연
예 스포츠 신문이라도 되는 것처럼 경멸하는 표정을 짓고 바라
보았다. 그리고 또 아주 아주 가끔, 어쩌다가 야동 본 이야기가
나오면, 포르노의 폭력성에서 시작해서 성차별과 인간의 존엄
성까지 들먹이면서 자기를 제외한 우리들 모두를 무뇌 상태인
발정기의 수컷 취급을 했다. 그래. 하지만 녀석도 별 수 없이
테스토스테론인가 토스테스테론인가가 마그마처럼 분출하는
수컷이었던 거다. 얼굴 가득 빈자리 없이 촘촘하게 솟아난 여
드름을 보면 쉽게 알 수 있는 사실인데, 그것을 무시하고 있었
다니. 하!

나한테 말 걸지 마!!! 님의 말:

고백이라니? 장난하냐?

거북이는 의외로 빨리 헤엄칩니다. 님의 말:

장난 아니야. 죽고 싶어.

모니터에 나타난 '죽고 싶어'를 본 순간 난 피식 웃고 말았다. 그건 내가 버릇처럼 자주 중얼거리는 말인데. 좋지 않은 것일수록 전염성이 크다.

나한테 말 걸지 마!!! 님의 말:

고백에 성공하는 법 따위는 모른다. 하지만 주위에 늘 차이기만 하는 놈들이 잔뜩 있으니, 잔인하게 차일 가능성이 높은 방법들에 대해서는 잘 알고 있지.

거북이는 의외로 빨리 헤엄칩니다. 님의 말:

???

나한테 말 걸지 마!!!님의 말:

첫째, 메신저를 통해 고백하는 거야. 낭만적이지도 않고 진심도 느껴지지 않을 뿐 아니라 엄청 소심해 보이므로 차일 가능성이 무지 높다. 메신저를 하고 있는 여자애 옆에 친구나 가족이 있거나, 혹은 가장 비참한 경우인데, 남자 친구와 함께 있다면 차일 확률 100%.

거북이는 의외로 빨리 헤엄칩니다. 님의 말:

메신저로 고백하는 바보가 어딨어.

나한테 말 걸지 마!!!님의 말:

그래? 그 정도로 멍청하지는 않은가 보군.

거북이는 의외로 빨리 헤엄칩니다. 님의 말:

또 말해 봐.

나한테 말 걸지 마!!!님의 말:

차마 직접 고백을 못하고 주위 사람들에게 소문만 내고 다니는 방법이 있지. 그러면 여자애는 너의 진심을 알지 못한 채 상황만 부담스럽게 되어 화를 낼 게 뻔해. 너는 여자애의 차가운 태도에 쪽팔림을 느낄 것이고 주위 사람들은 너를 놀리기 시작할 거야. 그런 한심한 놈이 자기를 좋아한다니 정말 재수 없는 일이라고 여자애가 말하고 다니기라도 하면, 너는 비참함의 극치를 느낄 수 있지.

거북이는 의외로 빨리 헤엄칩니다. 님의 말:

난 아무에게도 이야기한 적 없어.

나한테 말 걸지 마!!!님의 말:

거북이는 의외로 멍청하지 않군.

거북이는 의외로 빨리 헤엄칩니다. 님의 말:

남들한테 그런 말을 어떻게 하고 다니겠냐.

나한테 말 걸지 마!!!님의 말:

세 번째로 누구나 좋아하는 인기 짱인 여자애에게 고백하는 거야. 그런 애를 좋아하는 놈들은 줄을 섰을 테니 네가 차일 가능성이 높을 뿐 아니라, 차이고 난 뒤에도 여자애는 네가 고백을 했는지 안 했는지조차 기억하지 못할 거야. 게다가 그런 애는 멋진 남자와 사귀게 될 가능성이 높으니까, 너는 절망과 열등감 속으로 빠져들게 될 거야.

거북이는 의외로 빨리 헤엄칩니다. 님의 말:

사실은…… 내일 만나자고 했어…… 그런데 잠이 안 와. 걔가 나올까?

나한테 말 걸지 마!!!님의 말:

도대체 누구야?

거북이는 의외로 빨리 헤엄칩니다. 님의 말:

말할 수 없어……. 잘 되면 말할게.

나한테 말 걸지 마!!!님의 말:

그냥 지금 말해. 내가 도움을 줄 수도 있잖아? 지은이? 다솜이? 설마 해인이?

거북이는 의외로 빨리 헤엄칩니다. 님의 말:

말도 안 돼. 어쨌든 수업 끝나고 여섯 시까지 혼자 못 있을 거 같아. 돕고 싶다면 그때까지 같이 있어 줘.

나한테 말 걸지 마!!!님의 말:

설마 나에게 고백을 하려는 건 아니겠지?

거북이는 의외로 빨리 헤엄칩니다. 님의 말:

미친 놈.

    ⋮

거북이는 의외로 빨리 헤엄칩니다. 님이 퇴장하셨습니다.

　밤새 나는 두언이를 압박, 회유, 고문까지 해서라도 자세한 이
야기를 들으려는 전략을 세우느라 잠을 설쳤다. 그러나 막상 계획
을 실행할 점심시간이 되었을 때 녀석은 어디론가 사라져 버렸다.
밥도 안 먹고 어디로 간 걸까? 또 학생회 대의원 회의라도 있는
것인지? 하지만 두언이의 행방을 추적할 여유는 없었다. 우선 밥
을 먹어야 했고 또 밥을 '혼자' 먹어야 했으니까. 나는 식당을 향
해 천천히 걸어갔다. 아이들이 대충 밥을 먹고 빠져나가 식당이
좀 한산해지면 혼자 밥을 먹는 것도 어색하지 않을 것이고, 아는
얼굴이라도 보이면 슬쩍 끼어 앉기도 쉬울 것 같았다. 두언이 없
이 밥 먹는 일이 이렇게 고민스럽다니. 나에게 친구는 두언이 단
하나밖에 없는 것일까? 내 자신이 바로 왕따인데도 그 사실을 나
만 모르고 있는 것은 아닐까?
　중학교 때 용석이라는 애가 있었는데 걔가 바로 그런 경우였다.
어딘가 좀 모자란 구석이 있어서 상황 판단을 잘 못했다. 인간관
계란 그렇지 않은가? 중학생, 아니 초등학생들만 해도 '우리끼리
같이 어울려 다닐 테니 함부로 아무나 끼어들지 말라'고 대놓고

말하지는 않지만, 암묵적으로 함께 어울리는 패거리가 형성되기 마련이다. 하지만 용석이는 눈치가 없는 것인지 순진한 것인지 그런 기본적인 규칙을 알지 못했다. 그다지 똑똑한 것도 아니고, 별로 잘생긴 것도 아니고, 슬쩍 부잣집 아들인 것도 아니고, 엄청 싸움을 잘하는 것도 아닌데 눈치만 없는 용석이를 아이들은 은근히 따돌렸다. 그 애의 뒷모습을 보면서 눈살을 찌푸렸고, 그 애가 나타나면 황급히 자리를 피했다. 그러니까 용석이는 왕따가 아니라 은따였다. 그때 나는 용석이를 대하는 아이들의 태도가 옳지 않다고 느꼈지만, 그렇다고 내가 용석이와 친구가 되고 싶은 건 아니었다. 아무튼 나는 그때 세상은 디즈니 만화에 나오듯이 정의로운 곳도, 따뜻한 곳도 아니라는 것을 깨달았다.

나도 은따인가? 하지만 두언이는 아이들이 나를 따돌리는 게 아니라 내가 스스로 아이들을 따돌리고 있다고 말한 적이 있었다. 다른 사람들로부터 스스로를 따돌리는 사람은 뭐라고 해야 하나? 스따? 발음을 정확하게 할 필요가 있다. 스타가 아니라 스따다.

점심 메뉴는 미역국과 도토리묵 무침, 김치와 달걀찜이었다. 딱 꼬집어서 잘못된 건 없지만 무엇 하나 제대로 풀리는 게 없는 날이 있는데 오늘이 바로 그런 날이었다. 미역국에 도토리묵이라니. 식단을 짜는 영양사 선생님의 감각이 의심스러울 따름이었다. 나는 미역과 묵을 매우 싫어한다. 하지만 내가 싫어하는 음식이 나왔다는 이유로 영양사 선생님의 감각을 탓하는 건 아니다. 음식은 짜고 맵고 달고 시고 쓴 맛도 중요하지만 씹는 맛을 무시할 수 없다. 미끌미끌한 미역에 미끌미끌한 묵이 입속에서 함께 어우러지면 어떤 느낌이 들 것인지 상상해 보라.

식판을 들고 투덜거리면서 식당 안을 두리번거리고 있을 때였다. 어디선가 낯익은 목소리가 들려왔다.

"윤정섭, 여기!"

해인이었다. 해인이는 왕방울만 한 눈을 더 크게 뜨고 있었다. 단지 눈만 컸다면 예쁜 얼굴이었을 텐데. 해인이의 얼굴을 볼 때마다 드는 생각이었다. 해인이는 얼굴도 크고, 입도 크고, 코도 엄청 컸다. 더불어 키도 크고, 덩치도 컸다. 식당 한가운데서 나를 향해 손을 흔들고 있는 해인이는 마치 소인국 사람들에게 둘러싸여 있는 걸리버처럼 보였다. 여자 걸리버. 여걸. 그리고 당연하게도, 여걸 김해인 옆에는 종숙이가 앉아 있었다.

"두언이가 없으니 길 잃은 강아지 같네?"

자리에 앉자마자 해인이는 식당 안에 있는 아이들 모두에게 들릴 만큼 큰 소리로 떠들어 댔다. 갑자기 얼굴이 달아오르는 게 느껴져 나는 고개를 숙인 채 미끈미끈한 미역국을 열심히 떠먹었다.

"어머, 애 얼굴 빨개지는 거 봐. 종숙아, 애 중학교 때도 이랬지? 수업 시간에 선생님이 질문만 해도 얼굴이 빨개져서 애들이 막 놀렸잖아? 하하하!"

이런 젠장. 부른다고 얼른 달려온 내 잘못이었다. 그러나 해인이가 날 부르는 소리를 들었을 때 내 눈에는 종숙이 얼굴만 보였고, 다른 생각은 전혀 떠오르지 않았다.

식판에 얼굴을 처박고 미역국과 씨름할 때가 아니었다. 무엇인가 멋지고, 상쾌하고, 인상적인 유머를 한판 날려서, 두 여자애들을 까르르 웃게 만들어야 했다. 그래야 이 난감한 상황이 부드러워질 것이고 종숙이에게는 나의 남성적인 매력을 각인시킬 수 있을 텐데. 나는 머리를 쥐어짜기 시작했다. 최근에 인터넷에서 떠돌아다니는 우스갯소리, 남자애들끼리 시시덕거리던 음담패설, 초등학생 때 문방구에서 샀던 '세계유머총집합'의 내용에 이르기까지 기억 속에 남아 있는 모든 자료들을 샅샅이 검색했다.

"음…… 너희들, 추장보다 더 높은 게 뭔지 아니?"

느닷없는 나의 질문에 해인과 종숙이는 이건 또 뭐야, 라는 표정을 지어 보였다.

"아니. 뭔데?"

종숙이가 물었다.

"그건 고추장이야. 하하하!"

"……"

등에서 식은땀이 흘렀지만 용기를 내서 입을 열었다.

"고추장보다 더 높은 건 뭐게?"

"……?"

"그건 초고추장이지. 하하하!"

"……지랄한다."

해인이가 그 커다란 눈을 무섭게 치뜨고 나를 노려보았다. 가슴이 덜컥 내려앉았으나, 여기서 포기하면 정말 죽도 밥도 안 된다는 생각에 있는 힘을 다해 말을 이었다.

"그, 그럼, 초, 초고추장보다 더 높은 건……"

내 말이 채 끝나기도 전에 종숙이가 소리쳤다.

"태양초 고추장!"

"역시 종숙이는 센스장이야."

해인이는 종숙이의 말에 맞장구를 치다가, 히힝, 하고 코웃음을 치면서 덧붙였다.

"윤정섭, 넌 뭐냐?"

나? 물에 불은 미역인가? 나는 식판 속에서 가장 길고 두툼한 도토리묵 조각을 찾아내 그것을 해인이라고 생각하면서 숟가락으로 난도질했다. 바로 그때 내 뒤에서 검은 그림자가 나타났다.

"이종숙, 여기 있었구나. 아까부터 찾고 있었는데."

불길하고 어두운 검은 그림자는 우리 학교 학생회장인 2학년 석민우 선배였다. 공부면 공부, 운동이면 운동, 미모면 미모, 무엇 하나 빠지는 구석이 없으면서 매너와 목소리도 흠 잡을 데 없는, 한마디로 재수 없는 인간이었다.

"아, 너, 두언이 친구지? 두언이는 어디 있지?"

"모르는데요."

석민우는 다시 종숙이를 보고 말했다.

"학술제 준비 문제로 의논할 게 있는데 밥 다 먹었어?"

"네."

"그럼 잠깐 나와 볼래?"

석민우의 말이 채 끝나기도 전에 종숙이는 자리에서 벌떡 일어났다. 그리고 해인에게 식판을 부탁한다는 말을 남기고 석민우를 따라가 버렸다.

"저 선배, 은파랑 닮지 않았니?"

두 사람이 가 버리자 해인이 몸을 앞으로 숙이면서 비밀스런 말투로 속삭였다.

"잘 모르겠는데."

"저 선배 초등학교 때까지 미국에서 살다가 왔대. 뭔가 느낌이 다르지 않니?"

"그렇구나. 어쩐지 볼 때마다 목에 버터 한 덩어리가 걸려서 넘어가지 않는 것 같은 느낌이더라."

해인은 내 대답을 듣는 둥 마는 둥, 석민우와 종숙이가 사라진

곳을 멍한 눈빛으로 바라보며 말했다.

"은파랑도 엘에이에서 왔대. 랩은 역시 해외파들을 당할 수 없어."

무슨 바보 같은 소리인지? 은파랑이니 뭐니 하는 애들이 노래 중간에 끼워 넣는 짧은 중얼거림 따위를 랩이라고 할 수 있을까? 굳이 우기면 랩이 아니라고 할 수야 없겠지만. 어쨌거나 진정한 래퍼, 즉 MC라면 자기만의 목소리로 자기 이야기를 할 줄 알아야 한다. 세상에 대해 할 말이 있어야 한다는 얘기다. 잘생긴 얼굴에 멋진 몸매, 유복한 가정환경, 게다가 머리까지 좋은 애들이라면 세상에 대해 무슨 할 말이 있겠는가? 부동산 값이여, 주가지수여 하늘로 치솟아라! 그래서 가만히 있어도 물려받을 재산이 팅팅 불어나라는 주문 정도? 어쨌든 춤이나 추면서 음악한다고 깝죽대던 꽃미남들이 나이를 먹어 가면서 딱히 할 일은 없고, 노래는 제대로 부를 줄 모르고, 그래서 하는 게 랩은 아니란 말이다.

"야, 윤정섭. 너도 랩이라면 한 랩 하지 하지 않냐? 갑자기 네가 중학교 때 소풍가서 랩 했던 생각난다."

느닷없는 해인의 말에 입 안에 있던 밥풀이 튀어나올 뻔했다.

"그때 말이야. 우리 학교 애들 모두 네가 그럴 줄 몰랐어. 깜짝 놀라 뒤집어졌거든. 야, 그때 너 괜찮았어. 그런데 지금은 왜 그러니? 헛소리나 하고."

나는 아무 대응 없이 달걀찜을 마지막까지 박박 긁어 먹었다. 그리고 숟가락을 내려놓으며 해인이를 보고 말했다.

"너 일본에서 가장 유명한 비뇨기과 의사가 누군지 아니?"

"뭐?"

"다까세……야."

식당에서 나오면서 벽에 걸린 시계를 보았다. 아직 점심시간이 끝나려면 이십 분가량 남아 있었다. 종숙이와 석민우는 어디로 사라진 걸까? 나는 하릴없이 두 사람이 갔을 만한 곳을 찾아 이리저리 돌아다녀 보았다. 날씨가 화창한 탓인지 아직 복도와 교실에는 아이들의 모습을 거의 찾아볼 수 없었다. 석민우라는 놈, 회의를 하네 어쩌네 하면서 종숙이에게 작업을 걸고 있는 건 아닐까? 아무도 없는 방송실이나 과학실로 종숙이를 데려가 강제 키스라도 하면 어떡하지? 나는 머리를 세차게 흔들어 말도 안 되는 상상들을 털어 내려 애썼다.

답답하고 울적해서 발길 닿는 데로 걸었다. 운동장 스탠드에 앉아 농구하고 있는 아이들을 바라보았다. 아이들은 마침 농구대 밑에 모여 공을 뺏으려 몸싸움을 벌이고 있었다. 마침내 누군가 공을 빼앗아 덩크 슛을 시도했으나 아쉽게도 골대에 맞고 엉뚱한 방향으로 튀어 버렸다. 농구공은 운동장 가장자리에 서 있는 벚나무에 부딪혔고, 그 바람에 연분홍빛 벚꽃이 후드득 쏟아져 내려 생선 비늘처럼 땅바닥에 흩어졌다.

두언이 녀석은 어디 있는 걸까? 아까 석민우가 두언이를 찾는 걸 보니 녀석은 학생회 모임에 간 것도 아닌 듯했다. 주위를 둘러 보았으나, 두언이의 모습은 보이지 않았다. 사실 운동장에서 두언 이를 찾을 확률은 희박했다. 두언이와 내가 친해진 것은 점심시간 이나 쉬는 시간에 운동장으로 달려가지 않는다는 공통점 때문이 었다. '체육 시간 외에는 운동을 절대로 안 하는 남자애들의 모 임'에서 만났다고나 할까. 회원 몇 명이 새로 들어왔다가 나가는 경우가 이따금 있긴 했으나 고정 멤버는 언제나 두언이와 나였다.

내가 운동을 좋아하지 않는 남자애, 라는 서글픈 정체성을 갖게 된 데에는 사연이 있다. 우리 나라에서 월드컵이 열렸던 해에 나 는 초등학생이었다. 그때 아이들은 쉬는 시간에도, 점심시간에도, 수업이 끝난 뒤에도, 시간만 나면 오로지 축구를 했다. 텔레비전 으로 축구 경기를 볼 때는 나도 축구를 좋아했다. 축구 선수가 되 고 싶다는 철없는 꿈을 꾸기도 했다. 그러나 막상 직접 공을 차기 시작했을 때, 내가 다른 아이들보다 몸놀림이 둔하고 느리다는 사 실을 깨달았다. 게다가 막상 아이들과 공을 잡기 위해 밀고 밀치 면서 몸싸움을 하는 게 무섭고 싫기만 했다. 어느 날 수업이 끝난 뒤 고학년 형들과 어울려 축구를 한 적이 있었다. 그날 내가 속해 있던 팀은 나 때문에 시합에 졌다. 어쩌다가 골키퍼를 맡은 내가 얼굴로 날아오는 축구공을 피해 버린 것이었다. 집으로 돌아가는 길에 같은 팀이었던 고학년의 어떤 새끼 하나가 나를 쫓아와 배를 발로 차고 도망가 버렸다. 불시에 배를 걷어차인 나는 밤새도록 악몽에 시달렸다. 그 뒤로 나는 축구를 하는 것도, 보는 것도 싫어하게 되었다.

농구에도 안 좋은 기억이 있다. 중학교 3학년 1학기 말에 농구로 체육 실기 시험을 보았다. 공을 드리블해서 일정 거리를 간 다음 해서 슛을 하는 간단한 동작이었다. 그런데 내가 농구공을 잡기만 하면 아이들이 웃기 시작했다. 나야 내 모습을 볼 수 없으니, 처음에는 아이들이 왜 웃는지 알 수 없었다. 나중에 얘기를 들어 보니, 비쩍 마른 내가 구부정한 자세로 비틀거리면서 허겁지겁 공을 쫓아다니는 모습이 우스웠다는 거다. 게다가 나에 대해 잘 몰랐던 체육 선생은 내가 아이들을 웃기기 위해 일부러 우스꽝스러운 행동을 한다고 오해까지 했다. 내가 공을 잡기만 하면 반 전체가 웃음바다가 되니 선생 입장에서는 그렇게 생각할 수도 있었을 거다, 라고 넘어가 주고 싶지만, 그건 그렇지 않다. 선생이라면 학생 하나하나의 특성에 대해 성실하게 파악하고 그것을 긍정적인 눈으로 봐 주어야 한다. 비록 현실적으로 그렇게 될 수 없다고 해도 그런 자세를 취하고 있어야 한다. 학생들은 바보가 아니다. 좋은 선생이 어떤 자세를 갖고 있어야 하는지 정도는 본능적으로 안다. 그 체육 선생은 선생으로서의 기본적인 자세가 되어 있지 않았다. 그때 나는 체육 시간이 끝난 뒤에도 남아서 벌을 받았다. 웃음거리가 되는 것도 창피해 죽을 지경인데 억울한 누명까지 써야 했다니.

그러나 이 우울한 기억의 끝자락에는 가슴 설레는 반전이 숨어 있었다. 끔찍했던 체육 시간이 끝나고 마침내 하루의 일과가 끝났을 때, 나는 집에 갈 기운조차 없어 책상에 엎어져 있었다. 청소 당번들도 거의 모두 달아나 버리고 교실 안에는 형식적으로 빗자루질을 하는 몇몇 아이들만 남아 있었다. 나는 눈을 감은 채 머릿속으로 체육 시간에 내가 한 찐따 짓을 랩으로 만들어 가고 있는 중이었다. 머릿속에 떠오르는 수십 개의 단어 중에서 라임이 맞으면서 호소력 있는 것을 고르고 있다 보면, 어느새 눈물 나는 일도 잊어버리게 되는 법이니까.

그때 누군가 내 책상 위에 쪽지 하나를 툭 떨어뜨렸다. 얼른 고개를 들어 보니 이종숙이 유령처럼 내 옆을 스르륵 지나가고 있었다. 어리둥절하면서 종숙이가 놓고 간 쪽지를 펴 보았다.

'넌 진정한 승리자, MC정섭. 화이팅!!'

0.5밀리 젤로 펜으로 삐뚤삐뚤 써 있는 글씨를 본 순간, 참고

있던 눈물이 터져 나올 것 같았다. 가슴속이 뜨거워지면서 단단하게 뭉쳐 있던 차가운 덩어리가 녹아내리기 시작했다.

그 뒤로 종숙이는 내 마음속에서 살았다. 오, 종숙! 입술은 앵두 같고, 눈망울은 샛별 같지만, 아쉽게도 뺨과 콧등에는 온통 주근깨가 덮여 있는 종숙. 천둥 같은 웃음소리로 수업 시간이든 쉬는 시간이든 시도 때도 없이 교실을 떠내려가게 만들었던 종숙. 언제나 수학 시험에서 가장 높은 점수를 받아 나로 하여금 쓰라린 열등감을 느끼게 했던 종숙. 소풍 가서 그 누구도 예상하지 못했고, 그 누구도 따라 할 수 없던 현란한 턱짓과 목놀림으로 코브라 춤을 추던 종숙. 아이들이 은근히 따돌리던 용석이에게도 늘 친절했던 종숙. 그래 그랬다. 종숙이는 남자 여자를 가리지 않고 누구와도 깔깔거리며 말을 걸고 장난을 쳐서 늘 내 속을 뒤집어 놓곤 했다. 젠장.

"여기서 뭐 하니?"

어디선가 나타난 종숙이의 모습을 보는 순간 심장이 멈추는 것 같았다. 혹시 종숙이가 내 머릿속에서 맴돌던 생각들을 모두 들은 것은 아니겠지? 내가 지금 제정신이 아니라서 그 모든 생각들을 큰 소리로 중얼거리고 있었던 것은 아니겠지?

"두언이랑 말다툼이라도 한 거야? 늘 붙어 다니더니 오늘은 계속 혼자네?"

웬일인지 종숙이가 내 옆에 앉으면서 말을 이어 갔다. 내 가슴이 쿵쾅거리기 시작했다.

"아니, 그…… 그러게 말이야. 녀석이 어젯밤에 메신저로 이상한 소리를 하더니, 오늘 내내 어디로 갔는지 보이지 않아."

종숙이는 생각에 잠긴 듯 잠시 아무 말 없이 앉아 있다가 느닷없이 나에게 물었다.

"요즘은 랩 안 해?"

"……"

할 말이 없었다.

"아까 해인이랑도 말했지만, 중학교 때 소풍가서 네가 했던 랩 기억 나. '정말 하고 싶은 일을 할 수 있다면, 너는 영원한 승리자. 정말 하고 싶은 말을 할 수 있다면, 너는 진정한 승리자……'"

종숙이와 나는 마주 보며 어쩐지 맥 빠진 웃음을 주고받았다.

"이젠 랩 같은 거 안 해. 공부해서 대학 가야지."

종숙이는 뜻밖이라는 듯 눈을 동그랗게 뜨고 나를 바라보았다.

"정말?"

"응."

"그래? 실망인데?"

종숙이는 내 눈을 바라보면서 나지막하게 말했다. 실망이라고? 솔직히 아무 생각 없이 하고 싶은 일만 하면서 사는 행복한 삼류

딴따라가 되고 싶어. 하지만 난 두려워. 다른 사람들이 사는 대로, 어머니 아버지가 바라는 대로 안전하게 살아가고 싶은 것도 나의 솔직한 마음이야. 종숙이의 눈을 마주 보며 나는 마음속으로 말하고 있었다. 하지만 종숙이 네가 바란다면, 네가 내 꿈을 인정해 준다면, 난 할 수 있을 거야…… 하마터면 나는 입을 열어 종숙이에게 속내를 내뱉을 뻔했다. 마침 그때 수업 시간 시작을 알리는 종이 울렸다.

마침내 두언이가 나타났다. 쉬는 시간 틈틈이 두언이네 반 앞에서 어슬렁거려도 그림자도 보이지 않던 녀석이 수업이 끝나자 제 발로 나를 찾아왔다.

"하루 종일 어디 있었어?"

두언이를 보자마자 나는 물었다.

"할 말을 정리하느라…… 편지를 썼어."

"편지? 직접 만나서 말을 해야지."

"도저히 말이 나올 것 같지가 않아서…… 만나서 편지를 건네주려고."

두언이의 마음을 충분히 이해할 수 있었지만, 어쩐지 예감이 좋지 않았다. 녀석은 나를 자기 자전거의 짐칸에 싣고 꽃가게로 달려갔다. 두언이가 사고 싶어 했던 것은 붉은 장미꽃 한 다발이었다. 그러나 꽃값이 장난이 아니었다. 나는 초라한 한 다발 보다는 딱 한 송이가 더 멋지다는 것을 강조하면서 두언이를 달래 주었다.

"이제 한 시간 남았어."

꽃가게를 나오면서 두언이가 비장한 목소리로 말했다.

"그래. 마음을 굳게 먹고 잘해 봐. 진심은 언제나 통하는 법이니까."

두언이에게 용기를 주려고 말은 그렇게 했지만, 물론 나는 그런 말을 믿지 않았다.

"나랑 공원까지 같이 가 주지 않을래?"

녀석의 간절한 눈빛에 거절할 수 없었다. 나로서는 두언이가 좋아하는 여자애가 누구인지 슬쩍 볼 수 있는 좋은 기회이기도 했다. 녀석의 자전거 짐칸에 올라타야 하는 괴로움을 다시 겪어야 했지만. 아프다고 말하기도 민망한 부위에 심한 불편함을 느끼면서 늘뫼공원까지 달려갔다.

아직 어두워지지는 않았지만, 해는 이미 서쪽으로 기울어 가고 있었다. 늦게 핀 벚꽃과 반은 져 버린 목련이 석양빛에 아련히 빛나고 있었다. 두언이가 왜 하필 이곳을 약속 장소로 정했는지 이해할 수 있었다. 제법 낭만적인 장소처럼 보였으니까. 구석 벤치 곳곳에 무리지어 서서 빈둥거리고 있는 양아치 같은 애들만 보이지 않는다면 말이다. 약속 장소인 수돗가 앞 벤치에는 이제 막 걸음마를 시작한 아기가 엄마와 공놀이를 하고 있었다.

"자, 이제 난 빠져도 되겠지? 잘할 수 있겠지?"

두언이는 뒤돌아서려는 나의 팔을 두 손으로 움켜잡으며 말했다.

"가지 마."

"왜 이래? 정말 나한테 고백하려는 거야?"

"나 혼자 할 수 없을 거 같아."

"아니, 그럼 나를 옆에 세워 놓고 여자애한테 좋아한다는 고백을 하겠단 말이야? 그럼 보기 좋게 차일걸."

두언이는 무거운 돌덩이를 떨어뜨리듯 고개를 숙였다. 그리고 중얼거렸다.

"어차피 거절당할 거야."

"뭐야, 해 보지도 않고 어떻게 알아?"

"그 애는 사귀는 사람이 있어. 아니, 확실한 건 아니지만 그런 것 같아. 아니, 확실해. 그래도 포기할 수 없어서, 한번 말이나 해 보려고 했어. 말하고 싶었어."

그래. 말하고 싶었겠지. 그 마음이 어떤 것인지 나도 알고 있었기에, 더 이상 할 말이 없었다.

"그렇다고 여자애에게 고백하는 네 옆에 내가 멀뚱멀뚱 서 있을 수는 없잖아? 웃기잖아. 이상하잖아. 쪽팔리잖아."

결국 나는 가까운 나무 뒤에 숨어서 두언이에게 심리적인 안정감과 지지와 격려를 보내 주기로 했다. 그냥 두 사람의 대화를 엿듣는 것으로 그런 게 가능한지는 알 수 없었다. 어쨌든 나는 그토록 궁금했던 그 여자애를 볼 수 있게 되었지만, 어젯밤과 같은 흥분과 기대를 느낄 수는 없었다. 어쩐지 씁쓸했다.

석양빛을 등지고 걸어오는 종숙이의 모습을 보는 순간, 나는 심장이 멈추는 줄 알았다. 아니, 심장은 잠시 멈추는 듯하더니 터질 것처럼 빠르게 뛰기 시작했다. 그리고 갑자기 눈물이 나올 것만 같았다.

그 자리에 종숙이가 나타날 줄은 꿈에도 짐작하지 못했다. 두언이가 혼자 마음에 담아 두고 있던 애가 바로 종숙이였다니. 나는 이제껏 아무 눈치도 채지 못하고 있었다. 멍청한 것은 두언이가 아니라 바로 나였다. 나야말로 바보천치등신멍청이병신찌질이삼돌이멍게다. 두언이가 매일 점심시간마다 식당 앞에 서서 십 분, 이십 분을 기다리면서까지 종숙이와 함께 밥을 먹으려 했던 것, 툭하면 수업 끝난 뒤에 종숙이를 과학실로 불러 내곤 했던 일들이 떠올랐다. 나는 단순히 두 사람이 함께 속해 있는 학생회 일 때문일 거라고 생각했다. 다른 놈들이 종숙이와 이야기를 주고받으면 웃는 것을 보기만 해도 안절부절못하고 혼자서 짜증을 버럭버럭 내며 속을 끓이던 내가 말이다.

나는 두언이와 종숙이가 벤치에 나란히 앉아 있는 모습을 더 이
상 지켜볼 수 없었다. 공원을 벗어나 한참 동안 걸었다. 걷다가 길
가에 주저앉았다. 그리고 주머니 속에서 지갑을 꺼냈다. 그 속에
는 일 년여 전에 종숙이가 건네준 쪽지가 들어 있었다.

'넌 진정한 승리자, MC정섭. 화이팅!'

　　접혀진 부분에 쓰여 있던 '정섭'이라는 글씨는 이제 거의 희미
해져 가고 있었다. 어차피 난 승리자와는 거리가 멀었다. 정말 하
고 싶은 일을 할 용기도 없었고, 정말 하고 싶은 말을 할 용기도
없었다. 사실은 정말 하고 싶은 일이 무엇인지, 정말 하고 싶은 말
이 무엇인지도 알지 못했다. 내가 누군지도 잘 모른다. 아니, 나는
패배자이며 낙오자다. 이제 나에게 남은 것은 세상을 멋지게 등지
는 일뿐이다, 라고 생각하면서 머리카락을 쥐어뜯고 있을 때, 핸
드폰 벨이 울렸다.
　　"어디야?"
　　두언이였다.
　　"어. 난 공원에서 나왔다."
　　"그냥 가면 어떻게 해? 와서 나 좀 데려가라. 죽고 싶다."
　　두언이가 예상했던 대로 종숙이에게는 사귀는 사람이 있었나

보다. 나는 솔직히 공원으로 돌아가고 싶지 않았다. 그러나 두언이가 공원에 혼자 남아 있는 것을 생각하니 발이 떨어지지 않았다. 공원으로 가는 길에 편의점에 들러 깡통 맥주 두 개와 전기구이 오징어 한 마리를 샀다. 편의점 아저씨는 나에게 신분증을 보여 달라는 말을 하지 않았다.

두언이는 조금 망설이다가 내가 내미는 맥주 깡통을 받아 들었다. 녀석이 별 앙탈 없이 술을 받아 드는 걸 보니, 충격이 크기는 컸나 보다. 나는 두언이 옆, 조금 전까지 종숙이가 있던 자리에 앉았다. 종숙이의 따뜻한 체온이 아직 남아 있는 것 같은 느낌이었다. 우리는 아무 말 없이 홀짝홀짝 맥주를 마셨다.

"사귀는 사람이 있대?"

두언이는 고개를 저었다.

"아무튼 나는 아니래. 그냥 친구래."

최대한 내 감정이 드러나지 않도록 애쓰면서 물었다.

"그게…… 종숙이가 사귀는 사람이 석민우냐?"

그 순간 비가 쏟아지기 시작했다. 두언이와 나는 허둥지둥 가방을 챙겨들고 자전거가 세워져 있는 곳으로 달려갔다.

자전거는 비를 뚫고 어둠 속을 비틀거리면서 달렸다. 몇 번이나 넘어질 뻔했다. 마침내 나는 두언이의 등짝을 두드리면서 내려 달라고 소리쳤다. 빗소리 때문인지 술기운 때문인지 두언이는 내 말을 듣지 못하는 것 같았다. 자전거가 모퉁이를 돌면서 속력이 줄어들 때 나는 몸을 날려 자전거에서 내리려고 했다. 그 순간 자전거가 기우뚱하면서 내 발목이 자전거 체인에 휘감겼고 다음 순간 두언이와 나, 자전거가 한 덩어리가 되어 뒹굴었다.

발목의 아픔은 좀 나아지는 것 같기도 하고 아닌 것 같기도 하다. 버스 창밖으로 거리의 풍경을 바라본다. 빗물에 흘러내리는 환한 불빛들이 내 가슴을 후벼 파는 것 같다. 정말 예쁘다. 누군가에게 보여 주고 싶지만, 보여 줄 수 없다. 누군가에게 말해 주고 싶지만, 말할 수 없다. 언젠가 저런 풍경을 본 것 같다. 언제 어디서였는지 기억나지 않는다. 창밖으로 수많은 시간들이 지나간다. 음악에 미쳤던 나, 운동장 구석에 앉아 축구하는 아이들을 바라보던 나, 컴퓨터를 하고 있는 나, 체육 선생에게 맞고 있는 나, 혼자 산책하고 있는 나, 벤치에 앉아 있는 종숙이와 두언이를 바라보는 나. 그리고 슬퍼하는 나. 먼지 낀 유리창을 통해 보는 내 모습은 희미하기만 하다.

지금 난 창밖을 바라보며 노래를 부른다.

오오 내 연인이 되어 줘
오오 내 친구가 되어 줘

함께 손을 잡고 영화를 보고 싶어

함께 이어폰을 끼고 음악을 듣고 싶어

눈이 서로 마주치면 눈곱을 떼어 주자

입 냄새가 지독하면 뒤통수를 때려 주자

영화 같기도 하고 음악 같기도 하고 시 같기도 한 너

소녀 같기도 하고 아가씨 같기도 하고 할머니 같기도 한 너

내 노래를 들어 줘, 내 얘기를 들어 줘

그냥 그냥 들어 줘 , 대충대충 들어 줘

깔깔대며 웃어도 돼, 키득키득 놀려도 돼

오오 내 연인이 되어 줘

오오 내 친구가 되어 줘

작가 후기

　언젠가 고등학생인 아들과 동네 오솔길을 걷고 있었다. 일요일 오후에 늦은 점심을 먹고 집으로 돌아오는 길이었던 것 같다. 저쪽에서 우리와 마주 보며 아들 또래의 남자애와 여자애가 나란히 걸어오고 있었다. 남자애가 한쪽 손으로는 자전거를 끌면서 다른 한 손으로는 여자애의 손을 꼭 쥐고 있는 게 눈에 띄었다. 나는 옆에서 걷고 있는 아들에게 웃으면서 귀엣말로 속삭였다.

　"쟤, 참 애쓴다."

　아들은 내 말을 들은 척도 하지 않고, 앞으로 성큼성큼 걸어 나가더니 그 애들에게 반갑게 인사를 하면서 몇 마디 말을 주고받았다. 검은 뿔테 안경을 낀 남자애는 순진해 보이는 얼굴이었고, 키가 작은 편인 여자애는 동글동글한 인상이었다. 두 아이는 나에게 인사를 꾸벅 하고는 다시 손을 잡고 우리와 반대 방향으로 가 버렸다.

　"너희 학교 애들이구나?"

　고개를 끄덕이던 아들이 느닷없이 이렇게 말했다.

　"쟤네들은 진실한 사랑을 하고 있는 거 같아."

　"왜?"

　"몰라. 나는 멋지고 잘생기고 예쁜 애들끼리 고백하고 사귄다고 그러는 걸 보면 진실한 사랑이 아닌 거 같아. 그런데 쟤네들은 그냥 평범하잖아. 나처럼."

　"한 쌍의 바퀴벌레라, 이 말이지?"

　나는 되물었다.

"쟤네들은 1학년 때부터 붙어 다녔어. 고백한다고 난리법석, 사귄다고 난리법석 하다가 한 달도 안 돼 또 다른 애한테 고백한다고 난리법석인 애들이 더 많아."

너희들 나이는 누군가를 좋아하지 못해서 안달이 난 때니까. 사랑이 마구 샘솟는 때니까. 나는 마음속으로만 대답했다.

그리고 그 무렵 언젠가부터 아들은 짝사랑의 열병을 앓기 시작했다. 이 이야기의 맨 뒤에 나오는 노랫말은 짝사랑에 가슴 아파하던 아들의 블로그에서 긁어 온 것임을 밝혀 둔다.

부희령

어렸을 때부터 책 읽기를 좋아해서 언젠가는 재밌는 책을 만드는 사람이 되겠다는 꿈을 가졌다. 책 만드는 사람은 되지 못했지만, 아이를 키우고, 살림을 하고, 농사를 짓고, 과외 선생 일을 하다가 마흔이 다 되어 뒤늦게 글 쓰는 일을 시작했다. 써 낸 책으로는 『고양이 소녀』가 있다.

네 얘길
들려줘

_임태희

내게 주파수를 맞춰 봐_ 1814 MHz

PM 9:21

아니에요, 그럴 리가 없어요. 제가 예쁜 애들을 좀 아는데, 한가인 수준의 여자 분이시면 지금 이 시간에 이렇게 라디오에 전화를 하고 있을 리가 없어요.
솔직히, 진짜 예쁜데 차이는 여자는 없죠. 생각을 해 보세요. 한가인이에요, 김태희예요. 그럼 인간적으로 차일 수가 있겠어요? 예?

2009년 4월 30일 목요일. 나는 독서실에 앉아 있다.

책장 넘기는 소리, 샤프 뒤꼭지 누르는 소리, 기침 소리, 의자 끄는 소리, 껌 포장지 벗기는 소리……. 타인에게 방해가 되지 않으려고 신경을 쓰는데도 살아 있기 때문에 어쩔 수 없이 나는 소리들. 인간이란 소음의 동물이라고 해도 과언이 아닐 것이다.

부르르. 책상 위에서 핸드폰 진동이 울렸다. 엄마에게서 문자가 왔다.

현서야, 2분 뒤에 큐 들어간다. 라디오 듣고 있지?

'아으, 귀찮아! 다른 엄마들은 공부에 방해된다고 라디오 듣지 말라고 성화던데. 우리 엄만 완전 거꾸로야.'

나는 MP3의 라디오 기능을 켜고 귀에 이어폰을 꽂으며 생각했다. 엄마는 방송 작가였다. 지난겨울부터 '내게 주파수를 맞춰 봐'라는 프로그램을 맡았는데 5월 초에 있을 봄 개편을 앞두고 골치가 아픈 모양이었다. 엄마는 결국 나에게 SOS를 쳤다.

"현서야, 우리 방송 모니터 좀 부탁할게. 어떤 코너가 재미없는지, 디제이의 어떤 말이 거슬리는지, 그런 걸 편하게 얘기해 주면 돼. 아이디어를 줘도 좋고. 청소년들이 주로 듣는 프로그램이니까 청소년의 의견을 반영하고 싶어서 그래."

"싫어. 귀찮아."

나는 컴퓨터에 눈을 고정한 채 잘라 말했다. 평소 같았으면 내 등판을 짝 소리가 나게 때렸을 엄마지만 그날은 부탁을 하는 입장이라 꾹 참는 눈치였다.

"딱 일주일만. 공부하면서 방송 들으면 되잖아. 엄마 좀 도와주라."

"엄만 나한테 뭐 해 줄 건데?"

엄마는 잠시 인상을 구겼다가 너그러운 체하며 되물었다.

"뭐가 갖고 싶은데?"

"옷 사 줘."

엄마는 내 방 안에 뒹구는 옷들을 둘러보고는 한숨을 내쉬며 고개를 끄덕였다.

그렇게 해서 시작된 임무가 오늘로서 딱 일주일째가 되었다. 오늘까지 방송을 듣고 문제점들을 정리해서 엄마에게 이야기해 주기로 했다. 그런데 그동안 방송을 건성건성 들은 데다, 솔직히 안 듣고 건너뛴 날도 이틀이나 되어서 엄마에게 해 줄 말이 별로 없었다. 엄마에게 사 달라고 할 청바지는 벌써 정해 두었는데 이대로라면 청바지가 날아가게 생겼다. 나는 청바지를 입은 내 모습을 떠올리며 귀에 온 신경을 집중했다. 라디오는 내게 주파수를 맞춰 봐에 맞춰져 있었다.

광고가 끝나고 로고송이 나왔다. 나는 파란색 볼펜으로 연습장에 낙서를 하며 들었다.

네, 내게 주파수를 맞춰 봐 1부가 시작되었습니다.

갑자기 비가 오니까 문득 우리 친구들 지금 어디서 무얼 하고 있는지 궁금해지네요, 지민 씨는 안 그래요? 음, 곧 중간고사가 시작되니까……

나는 고개를 들어 창문을 바라봤다. 빗방울들이 창문 위를 구르고 있었다.

'정말 비 오네. 에이, 씨! 우산 안 가져왔는데.'

생각해 보면 참 신기한 일 아니에요? 우리는 모두 각자 다른 곳에서 다른 일들을 하고 사는 모르는 사람들인데 하필 오늘 이 시간에 이 라디오 방송을 함께 듣고 있잖아요.

'음, 시작은 꽤 괜찮네.'

오프닝 멘트가 안 써진다며 어제 밤늦게까지 끙끙대더니, 갑자기 내린 비가 엄마를 살린 셈이다. 방송 작가 입장에선 비나 눈이 오는 날이 대본 쓰기가 한결 수월하다고 한다. 날씨 이야기를 하며 자연스럽게 분위기를 잡을 수 있어서라나.

오프닝 멘트에 이어서 넬의 '기억을 걷는 시간'이 흘러나왔다.

나는 이어폰을 꽂은 채 연습장을 들고 휴게실로 나갔다. 휴게실에는 간식을 먹을 수 있는 테이블과 잠깐 누워서 쉴 수 있는 소파가 있었다. 휴게실 창문을 열고 손을 밖으로 뻗어 보니 가는 빗방울 두어 개가 손바닥에 톡톡 떨어졌다. 나는 창문 앞에 의자를 끌어다 놓고 앉아서 멍하니 음악을 듣다가 친구들에게 단체 문자를 보냈다.

뭣들 하심? 지금 내게 주파수를 맞춰 봐에 넬 노래 나온다.

나림이한테서 곧장 답장이 왔다.

난 간만에 열공 모드. 낼모래가 셤인데 당신도 모드 전환 좀 하지 그래?

나는 민망해져서 간단히 '헐~'이라고 답장을 보냈다.
뒤이어 주희에게서 답장이 왔다.

나도 듣고 있삼. 은파랑 말야, 선곡 센스가 아주 굿이다.

예전에 주희가 했던 말이 떠올랐다. 주희는 공부할 때 라디오를
안 들으면 오히려 집중이 안 된댔다. 주희를 잘만 구워삶으면 쓸
만한 걸 건질 수 있겠다 싶었다. 나는 연습장에 'DJ 은파랑 선곡
센스 굿'이라고 적었다가 죽죽 그었다. 주희는 넬 팬이니까 객관
성이 떨어지는 것 같았다. 나는 은근슬쩍 돌려서 이렇게 물어보
았다.

근데 내게 주파수를 맞춰 봐 디제이 교체된다는 설이 있던데……
지민은 그대로 두고 은파랑만.
정말? 누가 그래?
몰라. 소문이 그래.

양심이 조금 찔렸지만 엄마한테 들은 소리라고 말할 수 없어서 그냥 그렇게 둘러댔다.

중학교 때 친구들에게 엄마가 방송 작가라고 자랑삼아 말했다가 방송국 구경을 시켜 달라는 둥, 연예인에게 사인을 받아다 달라는 둥 귀찮은 부탁을 잔뜩 받은 적이 있었다. 그때 곤욕을 치른 뒤로는 절대 방송 작가 엄마를 둔 티를 내지 않으려고 노력했다. 고등학교에 올라오며 강북에서 강남으로 이사를 와서 이제 우리 엄마가 방송 작가인 걸 아는 친구는 주변에 하나도 없었다.

주희에게서 문자 두 통이 잇달아 왔다.

하긴. 은파랑 선곡은 잘하는데 대학 얘기할 땐 짱나. 연예인 특례로 들어간 거면서.
캠퍼스가 어쩌구 학점이 저쩌구 할 땐 공부할 맛 뚝 떨어짐.

나는 다시 주희를 찔러 보았다.

그래도 은파랑, 아이돌이잖아?
우리가 초딩이냐? 아이돌이라고 마냥 쌍수 들고 환영하게?

나는 주희의 문자를 보고 피식 웃으며 연습장에 적었다.

은파랑 교체 희망. 연예인 특례 입학X

그때 뒤에서 누가 나를 와락 껴안았다. 은채였다.

"우현서, 뭐 하냐?"

"라디오 들어. 학원 갔다 온 거야?"

"응. 중간고사 범위 한번 쫙 훑어 주더라."

은채가 학원에서 받은 요약 자료집을 팔랑팔랑 흔들며 말했다.

"오오, 자료 공유 좀 하지?"

"공짜론 어림없어."

"라면 어때?

"콜~"

나는 은채와 함께 편의점으로 내려가 컵라면을 먹었다. 편의점 스피커에서도 내게 주파수를 맞춰 봐가 나오고 있었다. 같은 시간대 라디오 프로 중에 청취율 1위라더니 정말인가 보다. 디제이 지민이 고3인 청취자의 사연을 소개하고 있었는데 잠이 너무 많아서 힘들다는 내용이었다. 은채가 눈살을 찌푸리며 중얼거렸다.

"쯧, 징징거리기는."

"뭐?"

나는 라면 면발을 후후 불다가 되물었다.

"라디오 말야. 난 라디오에 자기 고민을 주절주절 늘어놓는 애들이 이해가 안 되더라."

나는 면발을 빨아들이다가 캑캑거렸다.

"뭐, 자기 나름대로는 심각할 테니까……."

내가 간신히 기침을 가라앉히고 말하자 은채가 도리질을 했다.

"고민을 털어놓는다고 문제가 해결되는 것도 아니고, 자기 혼자 끙끙하면 됐지 딴 사람 기분까지 잡칠 필요 있니?"

나는 속으로 '독한 기집애'라고 생각하며 라면 국물을 마셨다.

라면을 먹고 수다를 조금 떨다가 독서실로 올라오니 여덟 시 사십오 분이었다. 윽, 시간 참 잘 간다.

책상 앞에 다시 앉으니 졸음이 솔솔 쏟아졌다. 나는 연습장에 '심각한 사연은 채택하지 말 것'이라고 적고는 옆에 커다랗게 물음표를 그렸다. 물음표를 뚫어져라 바라보다가 뒤를 돌아 은채를 보았다. 은채는 맞은편 책상에 등을 돌리고 앉아서 문제집을 풀고 있었다. 문득 나와 은채는 서로에 대해서 아무것도 모른다는 생각이 들었다.

"너희 청소년들은 말이야, '잘난 바보들'이야. 죽도록 외로워하면서도 남들과 소통하려는 노력은 털끝만큼도 하지 않잖아."

얼마 전, 신경질을 부리는 내게 엄마가 한 말이었다. 그때 난 그게 무슨 소린지 이해하지 못하고 엄마가 유식한 척하는 게 짜증난다고만 생각했다. 엄마는 주부 프로그램에서 내게 주파수를 맞춰 봐로 자리를 옮기면서 청소년 관련 책을 쌓아 놓고 읽더니 나를 나무랄 때마다 책에서 읽은 걸 꼭 인용하려 들었다. 그럴 때마다 나는 듣기 싫다고 소리를 꽥 지르고 문을 쾅 닫아 버렸다. 그런데 '잘난 바보들'이라는 말이 무슨 뜻이었는지 방금 어렴풋이 이해가 되었다.

삼 년 전까지만 해도 엄마는 약간의 우울증을 겪는 주부였다. 엄마가 깔깔 소리 내어 웃는 건 낮 두 시에 하는 '시끌벅적 쇼'를 들을 때가 유일했다. 그러던 하루는 신혼 시절 할머니한테 구박당한 사연을 시끌벅적 쇼에 보냈는데 그게 채택이 되어서 사은품으로 다리미를 받게 되었다. 그 후로 엄마는 거의 매일 사연을 보냈다. 아빠 흉보는 이야기, 나 어렸을 때 이야기, 동네 아줌마들한테 들은 이야기…… 소재는 무궁무진했다. 나는 다 아는 이야기여서 시시하기만 했는데 방송국에서는 엄마가 보내는 사연이 재미있다며 보조 작가로 일해 보지 않겠냐고 제안을 하더니, 일 년쯤 함께 일해 본 뒤엔 메인 작가로 발탁해 주었다. 그렇게 '시끌벅적 쇼' 팀에서 일 년 반쯤 더 일을 하다가 '내게 주파수를 맞춰 봐'로 자리를 옮긴 것이다.

심각한 사연은 채택하지 말 것?

나는 연습장에 적은 글씨를 들여다보다가 친구들에게 다시 단체 문자를 보냈다.

라디오에 사연 보내 본 적 있는 사람? 손들기.

주희한테서 곧장 답장이 날아왔다.

왜, 사연 보내려구? 난 듣기만 했지 사연 보낸 적은 없는뎅? --;

이어서 나림이한테서 문자가 왔다.

우헌서 양, 공부가 안 되심? 어떡하냐? 난 오늘따라 무쟈게 공부 잘 되는데~ ㅋㅋ 지금부터 답장 못하니까 그리 아셔.

쳇! 얄밉게 말하는 걸로는 아마 나림이를 따라잡을 위인이 없을 거다.

그때 핸드폰 화면에 불이 들어왔다. 경민이에게 문자가 왔다

ㅎ~ 내가 손 들면 거기서 보이냐? 사연이야 줄기차게 보냈는데 한 번도 소개된 적 없음 ㅠ.ㅠ

나는 반가워서 후다닥 자판을 눌렀다.

라디오에서 심각한 사연 들으면 기분이 어때? 1번, 짱난다 2번, 지루하다

보기가 뭐 그래? 난 '3번, 재미있다' 할래. 나랑 비슷한 고민을 하는 사람들 사연은 재밌어.

나는 경민이의 재치 있는 대답에 빙그레 웃음이 나왔다.
그런데 조금 뒤에 경민이가 다시 문자를 보냈다.

아, '재미'는 틀린 말 같다. 위로가 된다고 해야 맞을 거 같아. 라디오 들으며 위로받는 건 좀 변태적인가? 긁적긁적……

푸핫. '진지한 변태'라는 별명을 가진 경민이의 문자에 웃음이 터지고 말았다. 옆 책상에 앉은 아이가 헛기침을 하며 내게 눈치를 주었다. 뒷자리에 앉는 은채도 내 쪽을 흘끔 돌아보더니 다시 문제집으로 고개를 돌렸다.

심각한 사연은 채택하지 말 것?

나는 그 위에 줄 두 개를 죽죽 긋고 밑에 이렇게 적었다.

공감 가는 사연 많이 소개할 것.

이제 라디오에선 지민과 은파랑이 2부 끝 곡을 소개하고 있었다. 나는 볼펜을 내려놓고 귀에서 이어폰을 뺀 다음 기지개를 쭉 켰다. 그러곤 다시 휴게실로 나갔다.

소파에 누워서 눈을 감고 있는데 휴게실에 여자애 둘이 커피를 들고 들어왔다. 오늘 벌써 두 잔이나 마신 터라 참으려고 했는데 커피 향을 맡으니까 의지가 무너졌다.

복도에서 자판기 커피를 홀짝거리며 창밖을 내다봤다. 비는 어느덧 그치고 촉촉한 어둠이 반짝거리고 있었다. 화장실을 갔다 와서 시계를 보니 아홉 시 십 분이었다.

'아차.'

나는 서둘러 휴게실로 돌아가서 이어폰을 귀에 꽂았다. 목요일 3부 코너가 진행되고 있었다. 스타에게 전화로 카운슬링을 받는 코너였는데 오늘의 스타는 영화배우 최인후였다. 카운슬링을 요청한 아이는 자신을 '실연의 여왕'이라고 소개하며 이야기를 시작했다.

전, 이렇게 말하면 어떻게 생각하실지 모르겠는데요, 원하시면 제가 셀카를 보내 드릴게요. 그러니까 전, 사실, 진짜 예쁘거든요.

라디오에서 폭소가 터져 나왔다.
나도 킥킥 웃으며 주희에게 문자를 보냈다.

너 계속 내게 주파수를 맞춰 봐 듣고 있지?
응. 지금 나오는 애 진짜 깬다. --;;;

얼마나 예쁘냐고, 연예인 닮았다는 말은 들어 봤냐고 디제이들이 묻자 실연의 여왕은 떨리는 목소리로 꿋꿋하게 대답했다.

음……그런데 제가 연예인 닮았다는 소리는 좀 안 좋아해서요. 제 성격 아는 애들은 그런 말을 안 하죠. 그래도 언뜻 전해 듣기로는 한가인……

그러자 스튜디오가 발칵 뒤집혔다. 은파랑은 셀카를 보내 달라고 난리였다.

아니에요, 그럴 리가 없어요. 제가 예쁜 애들을 좀 아는데, 한가인 수준의 여자 분이시면 지금 이 시간에 이렇게 라디오에 전화를 하고 있을 리가 없어요.

오늘의 카운슬링을 맡은 최인후가 낄낄 웃으며 말했다.
그 순간 핸드폰이 부르르 떨렸다. 주희였다.

이건 깨는 정도가 아냐. 얘 바보 아니니? 방송이 자기를 웃음거
리로 만들고 있는 줄도 모르고 있잖아!

나는 짧게 답장을 보냈다.

그러게. 한심해……

솔직히, 진짜 예쁜데 차이는 여자는 없죠. 생각을 해 보세요. 한가인이
에요, 김태희예요. 그럼 인간적으로 차일 수가 있겠어요? 예?

더는 못 들어주겠다, 야. --;

다시 주희였다. 나는 경민이의 말을 떠올리며 답장을 썼다.

그래도 재밌지 않아? 실연당한 애들은 이거 듣고 위로받을지

도……

위로는 개뿔! 난 불쾌한데? 이건 나처럼 개념 있는 청취자들을 왕따시키는 짓이라고.

나도 이런 식의 상담은 못마땅했지만 주희가 오버하는 것 같다고 생각했다. 그리고 어쨌거나 엄마가 만드는 프로그램이 욕을 먹는 건 싫었다.

오락프로니까 어쩔 수 없는 거 아닐까? 교육방송도 아니고……
오락프로니까 문제라는 거야. 하나도 즐겁지가 않잖아!

주희의 이런 불 같은 반응은 어떻게 받아들여야 하지?

나는 연습장에 '오락프로가 즐겁지 않다' 라고 적고는 그 옆에 소용돌이를 빙글빙글 그리며 고민했다.

그때 은채가 나림이와 함께 휴게실로 들어왔다. 나림이는 머리띠로 앞머리를 싹 끌어올리고 추리닝에 슬리퍼 차림이었다. 집에서 공부하다가 잠깐 나온 모양이었다.

"뭐냐 너, 그 아름답기를 포기한 모습은?"

"이것이 열공 모드의 참모습이지. 헤헤."

나림이가 손가락으로 브이 자를 그리며 실실거렸다.

"열공 김나림 선생, 우리 독서실엔 무슨 일이셔?"

내가 장난스럽게 묻자 나림이가 들고 있던 노트를 보여 주며 대답했다.

"은채한테 노트 빌리러 왔지롱."

"내 노트도 빌려 줄까?"

"됐어."

"뭐야. 내 노트는 필요 없고 은채 노트만 탐난다 이거지?"

내가 입을 삐죽거리자 나림이가 배시시 웃었다.

"헤헤. 솔직히 네가 좀 수업 시간에 산만하잖냐. 은채 노트는 알아보기 쉽게 딱딱 정리되어 있어서 벼락치기용으로 짱이거든."

"에휴, 내가 나림이 너 땜에 수업 시간에 딴짓을 못해요. 나한테도 노트 빌려 줄 친구가 있었으면 좋겠다."

은채가 투덜거리자 나림이가 못 들은 척하며 내 옆으로 쪼르르 와서 앉았다.

나림이는 집에서 들고 나온 수학 문제집을 들이밀며 안 풀리는 문제를 풀어 달라고 졸랐다.

"애 진짜 맘 잡았나 보네?"

내가 어이없는 얼굴로 은채를 바라보자 은채가 피식 웃더니 풀이 방법을 차근차근 설명해 주었다. 정석대로라면 공식에 대입해서 네 단계를 거쳐 풀어야 하는 문제였는데 은채는 학원에서 배운 편법을 이용해서 두 단계 만에 푸는 법을 알려 주었다.

"이야, 이렇게 쉬운 방법이 있었네? 이은채, 요 센스쟁이~"

나림이가 호들갑을 떨며 추켜세우자 은채가 새침한 표정을 지었다. 은채는 가끔 냉정한 말로 기가 질리게 하지만 절대 얌체 짓을 하지는 않는다.

그때 누군가 휴게실 문을 똑똑 두드리더니 문을 빠끔 열고 얼굴을 들이밀었다. 독서실 총무 오빠였다.

"야, 너희들 독서실에 놀러 왔냐? 왜 이렇게 시끄러워?"

그러자 나림이가 슬그머니 손을 들었다.

"넌 왜? 할 말 있어?"

총무 오빠의 물음에 나림이가 능청스럽게 대꾸했다.

"저 독서실에 놀러 온 거 맞는데요?"

총무 오빠가 나림이를 아래위로 훑어보더니 말했다.

"처음 보는 얼굴인데? 너 우리 독서실 학생 아니지? 외부인 출입 금지인 거 몰라? 당장 나가!"

총무 오빠는 나와 은채에게도 손가락질을 하며 말했다.

"너희도 계속 떠들 거면 나가서 떠들어."

총무 오빠가 문을 닫고 나가자마자 나림이가 킥킥거렸다.

"뭐냐, 저 오빠. 우리보다 꼴랑 세 살 많으면서."

내가 총무 오빠의 머리가 있던 자리를 째려보며 중얼거리자 은채가 말했다.

"재수없어. 일단 나가자."

우리는 독서실 건물 옥상으로 올라갔다. 옥상에는 다리가 부러진 플라스틱 의자와 담배꽁초, 빈 깡통 따위가 굴러다니고 있었다. 우리는 난간에 기대서서 한동안 말없이 거리를 내려다보았다. 아까 은채와 라면을 먹었던 편의점에서 불빛이 새어나와 환하게 거리를 비추고 있었다. 편의점에서 틀어 놓은 라디오 소리가 눅눅한 공기를 타고 옥상까지 들려왔다. 청취자들이 문자로 보낸 짤막한 사연들을 디제이 지민과 은파랑이 번갈아 가며 소개하고 있었다.

"심심하다. 우리 게임할까?"

나림이의 말에 내가 물었다.

"무슨 게임?"

"편의점으로 들어가는 사람들이 뭘 사 가지고 나올지 맞히는 게임."

은채의 반응은 시큰둥했지만 내가 재밌겠다고 부추겨서 게임은 시작되었다.

젊은 여자가 지하철역에서 나오자마자 두리번거리다가 편의점을 발견하고는 종종걸음으로 편의점에 들어가는 모습이 보였다.

"생리대?"

나림이의 말에 내가 고개를 끄덕였다.

"나도 생리대일 것 같아. 아니면 휴지거나."

내가 은채를 바라보자 은채가 입을 열었다.

"그런 건 아닌 것 같은데…… 스타킹? 올이 나갔는지도 모르지."

그때 여자가 나왔다. 손에 생수병을 들고 있었다. 여자는 병뚜껑을 열고 물을 벌컥벌컥 마시더니 옷가게가 즐비한 옆 골목으로 들어갔다. 여자는 느린 걸음으로 걷다가 이따금 멈춰 서서 쇼윈도를 들여다보았다.

내가 실망해서 말했다.

"그냥 목이 말랐나 봐."

나림이가 도리질을 했다.

"희귀병 같은 거에 걸린 건지도 몰라. 물을 제때 안 마셔 주면 쓰러지는 거지."

"소설 쓰냐?"

은채가 퉁을 놓았지만 나림이는 개의치 않고 편의점으로 들어가는 대머리 아저씨를 가리키며 말했다.

"맥주!"

"안줏거리도 살 것 같아. 과자나 오징어."

내가 장단을 맞추자 나림이가 나를 보고 씩 웃었다. 은채는 재미없다는 표정으로 말했다.

"라면. 아님 말고."

뜻밖에도 대머리 아저씨는 잡지와 아이스크림을 사들고 나왔다. 나는 실망감에 얼굴을 찡그리며 중얼거렸다.

"또 틀렸네."

"야, 야, 저 여자 아까 그 '생수녀' 맞지? 다시 편의점 쪽으로 오는데?"

나림이가 아래쪽으로 목을 쭉 빼고 말했다. 정말 여자가 편의점 쪽으로 걸어오고 있었다. 여자는 편의점에 들어갔다가 한참 뒤에 나왔는데 나올 때 핸드폰으로 누군가와 통화를 하고 있었다.

나는 눈을 가늘게 뜨고 유심히 여자를 살펴본 뒤에 말했다.

"빈손인데? 로또 했나?"

"아냐."

은채가 뭔가 발견한 듯 눈을 빛내며 말했다.

"편의점에서 핸드폰 충전도 해 주잖아. 저 여자 충전이 될 동안 밖에서 기다리다가 돌아온 거야."

"어, 재 정윤식 아냐?"

나림이가 놀란 표정으로 말했다.

은채와 나는 나림이가 보는 쪽으로 얼른 눈을 돌렸다. 정윤식은 우리 학교 대표 엄친아(엄마 친구 아들)였다. 키도 크고 얼굴도 잘생긴 데다 공부도 잘하고 성격도 괜찮은 편이어서 남자애들에 겐 질투의 대상이었고 여자애들 사이에선 인기가 많았다.

내가 말했다.

"맞네. 정윤식. 쟤도 우리 동네 살았냐?"

"저번 주에 이사 왔어."

은채가 제격 대답하고선 무안했는지 얼굴을 붉혔다.

정윤식은 편의점 앞을 서성거리며 지나가는 사람들을 흘끔거리다가 사람들이 뜸해졌을 때 편의점 안으로 쏙 들어갔다.

"삼각김밥에 콜라."

나림이의 말에 내가 이의를 제기했다.

"바른 생활 정윤식이 탄산음료를 마신다고? 쟨 몸에 좋은 것만 먹을걸?"

"그럼 우유?"

나림이와 내가 키득거리는 동안 은채는 말이 없었다. 우리는 옥상 난간에 기대어 서서 정윤식이 다시 모습을 드러내기만을 기다렸다.

정윤식이 조그만 상자에서 비닐 포장을 벗겨 내며 편의점에서 나왔다.

"허걱, 담배다……"

나림이의 말대로 그 조그만 상자는 담배였다. 정윤식은 능숙하게 담배 포장을 벗겨 내고는 호주머니에 담뱃갑을 넣고 횡단보도 앞에서 초조하게 신호가 바뀌기를 기다렸다. 신호가 바뀌자마자 정윤식은 후다닥 달려 어둠 속으로 사라졌다.

"재미없다. 게임 그만하자."

은채가 기운 빠진 목소리로 말했다.

옥상에서 내려오는 계단에서 나림이가 눈치 없이 정윤식 얘기를 꺼냈다.

"정윤식이 골초인 줄은 몰랐네."

그러자 은채가 발끈했다.

"담배 샀다고 다 골초냐? 담배 피는 걸 본 것도 아니잖아."

나는 은채의 기분을 풀어 주고 싶어서 맞장구를 쳤다.

"그래. 담배 심부름을 한 걸 수도 있지."

"심부름 하는데 포장은 왜 까냐? 지가 피우려고 산 거니까 깐 거지.

"……"

나는 할 말이 없어서 은채 눈치만 봤다. 나림이도 은채의 분위기가 썰렁한 것을 느꼈는지 이렇게 덧붙였다.

"내 말은, 정윤식처럼 고민 없을 것 같은 애가 담배를 피우는 게 의외라는 거지. 걔가 성적 걱정을 하겠냐, 학원비 걱정을 하겠냐? 걔네 아빠 대치동에 있는 유명한 학원 원장이라며."

은채가 층계참에 우뚝 멈춰 서서 잠시 생각해 보더니 말했다.

"세상에 고민 없는 사람이 어딨어? 그리고 담배는 기호식품이잖아. 꼭 무슨 엄청난 고민이 있어야만 담배 피니? 솔직히 너흰 담배 피워 보고 싶을 때 없어?"

나는 뜨끔했다. 중학교 2학년 때 담배를 피워 본 적이 있었다. 답답할 때 담배를 피우면 속이 뻥 뚫린다는 소릴 어디선가 주워듣고는 방에서 몰래 피워 봤는데 속이 뻥 뚫리기는커녕 방에서 담배 냄새가 안 빠져서 속을 끓였던 기억이 났다.

어색한 분위기로 나림이와 헤어지고, 나와 은채는 책가방을 챙겨서 독서실을 나왔다. 시간은 어느덧 열 시가 훌쩍 넘어 있었다. 내게 주파수를 맞춰 봐가 끝나고 다음 프로그램이 나올 시간이었다. 나는 청바지가 날아갔다고 생각하며 쓴웃음을 지었다.

은채가 말했다.

"우리들 말이야, 참 불쌍한 것 같지 않아?"

"……?"

"스트레스는 무진장 받는데 풀 곳이 없잖아. 어른들 노는 데나 기웃거리게 되고……. 기댈 곳이 필요해."

내가 은채의 어깨를 톡 치며 말했다.

"에이, 너답지 않게 왜 그래?"

은채는 낯선 사람 보듯 내 얼굴을 빤히 보다가 말했다.

"가벼운 척하지 마."

순간 가슴이 서늘해졌다. 말이 비수처럼 가슴에 꽂힌다는 건 이럴 때 쓰는 말이구나 싶었다. 평소엔 107동과 108동 사이에 있는 벤치에 앉아서 노닥거리다가 헤어졌는데 우린 오늘 그럴 기분이 아니었다. 은채는 말없이 고개를 푹 숙이고 걷다가 자기네 동이 나오자 인사도 없이 쑥 들어가 버렸다.

기분이 엉망이었다. 집에는 아빠가 먼저 와 있었다. 아빠는 퇴근길에 회사 동료들과 술을 한잔 걸쳤는지 얼굴이 벌겠다.

"현서야, 방금 엄마한테 전화 왔다. 오늘 방송은 끝났는데 개편 때문에 회의가 있다나 봐. 그래도 열두 시 전에 들어오겠다고 하더라. 네가 엄마 일 도와주기로 했다며? 엄마 올 때까지 자지 말고 기다려 달라더라."

나는 어깨를 축 늘어뜨리고 대답했다.

"알았어."

"엄마가 하는 일에 협조 좀 해 줘라. 너도 알다시피 너희 엄마, 방송 작가로 일하기 전에는 무지 우울해했잖아. 지금은 자신감도 있어 보이고 얼마나 좋아 보이냐."

곰처럼 둔해 보이는 아빠의 얼굴을 보니까 울컥 화가 났다.

"여기서 얼마나 더 협조를 하라는 거야? 아빠는 엄마가 일하는 게 좋아?"

"좋지 그럼. 싫어할 이유가 없잖니?"

"난 싫어. 집도 지저분하고 밥솥은 텅 비어 있기 일쑤고 독서실

갔다 오면 피곤해 죽겠는데 교복도 내가 빨아야 하고, 진짜 짜증 난단 말이야! 난 엄마가 필요하다고."

나는 내 방으로 들어와 방문을 닫아 버렸다.

옷을 갈아입고 시험공부를 좀 더 할 생각으로 책상에 앉았는데 거실에서 텔레비전 소리가 들렸다. 아빠는 혼자서 화를 삭이는 스타일이었다. 슬그머니 미안한 마음이 들었다. 좀 부끄럽기도 했다. 교복 빠는 것까지 불평할 필요는 없었는데……. 후회가 되었다. 사과해야 한다고 생각했지만 그렇게 화를 내놓고 방 밖으로 나가기도 민망했다. 이러다 내일 아침이 되면 언제 그랬냐는 듯 식탁 앞에 마주 앉는 게 습관이 되어 있었다. 나는 '아빠도 내 맘을 알 거야' 하고 편한 쪽으로 생각해 버렸다.

문제집을 풀어 보려고 했지만 속이 시끄러워 진도가 안 나갔다. 친구들에 대한 물음표가 머릿속에서 덩굴식물처럼 꼬이고 비틀리며 제각각 자라나고 있었다. 머리를 비워 내지 않으면 아무 일도 손에 안 잡힐 것 같았다. 나는 연습장을 펴고 물음표들을 하나씩 꺼내는 일에 몰두했다.

오락 프로가 즐겁지 않다던 주희의 말은 무슨 뜻이었을까?

줄기차게 보냈지만 방송에 소개된 적은 없다던 경민이의 사연은 뭘까?

나림이는 무슨 생각으로 갑자기 열공 모드로 변신한 걸까?

정윤식은 언제부터 담배에 손을 댄 걸까? 윤식이도 처음엔 내가 그랬던 것처럼 속이 뻥 뚫리길 바라고 담배를 피웠던 걸까?

남의 고민은 듣기 싫다더니 고민 없는 사람이 어딨냐며 화를 내던 은채, 은채의 고민은 뭘까?

연습장을 물음표로 반쯤 채웠을 때 나는 청바지에 대해선 까맣게 잊어버렸다. 중요한 건 그런 게 아닌 것 같았다. 내가 라디오에서 듣고 싶은 건 주희와 경민이와 나림이와 은채, 그리고 내 이야기였다.

조금 뒤 열쇠로 현관문을 여는 소리가 들렸다. 엄마였다.

"현서야, 엄마 오셨다."

아빠가 거실에서 자다 깬 목소리로 나를 불렀다. 아빠는 내가 신경질 부린 일은 벌써 잊은 모양이다.

나는 새빨개진 얼굴로 방문을 살그머니 열고 나갔다. 그리고 자신의 이야기를 시작하기 전에 사람들이 으레 그러듯이, 수줍게 웃었다.

작가후기

나는 후기 쓰는 것을 별로 좋아하지 않는다. 작품에 대한 해설도 싫고 변명도 싫고 사랑해 달라고 꼬리치기도 싫어서다. 그래도 편집자가 기어이 빈 페이지 한 쪽을 나에게 떠안기니 어쩌겠는가? 성실한 작가가 되어야겠다고 작심한 지 딱 사흘째다. 그러니 별 수 있는가? 나의 고질병인 작심삼일을 타파하려면 몇 자 적는 수밖에. 대신, 작품과는 그다지 상관없는 '안과 밖' 이야기나 할까 한다.

어렸을 때에는 주로 안에서 지냈다. 쉬는 날도 없이 아침 아홉 시부터 저녁 아홉 시까지 가게에 나가야 했던 우리 엄마는 딸들을 집에 떼어 놓고 나가면서 절대 현관문을 열지 말라고 신신당부하셨다. 그리고 자주 전화해서 TV 많이 보지 마라, 숙제해라, 청소해라, 잔소리를 하셨다. 딸들이 잘못되기라도 할까 봐 노심초사하는 부모 마음을 이해 못하는 바는 아니지만 우리 엄마는 세상을 참 많이 무서워하셨던 것 같다. 다행히 집에는 같이 놀 언니와 동생이 있었기 때문에 갑갑함이나 아쉬움 같은 건 못 느꼈지만 어쩌다 엄마와 함께 밖에 나갈 때면 필요 이상으로 긴장하곤 했다.

그러다 스무 살을 기점으로 변화가 찾아왔다. 나 혼자서도 문을 열고 세상 어디고 여행할 수 있게 된 것이다. 밖이 좋았다. 밖은 나와는 다른 신기한 것들로 넘쳐났다. 밖을 구경하느라 안으로 돌아가는 걸 깜빡 잊는 일이, 그러니까 외박이 잦아졌다. 일명 '습관성 외박 증후군' 에 걸린 건데, 그건 주로 술을 마신 날이나 부슬부슬 비가 내리는 날 톡톡 불거져 나오는 일종의 통증 같은 것이었다. 나는 밤거리를 쏘다니며 이렇게 지껄였다.

"어차피 내일 다시 나올 것 뭐 하러 들어가나? 나는 지금 여행 중인 거야!"

지금 생각하면 어처구니없는 발상이지만 그땐 제법 진지했다.

그 후로 오륙 년간 습관성 외박 증후군은 나를 따라다녔다. 그러다 외박이 지겨워질 무렵 부모님으로부터 독립을 선언하고 내 집을 얻었다. 그랬더니 간단하게 치유가 되었다. 술보다 친구보다 나만의 공간이 더 좋았던 거다. 꼬박꼬박 집에 들어가 뒹굴었다. 뒹굴기만 하기 심심해서 글을 끼적이다 보니 어느 순간 작가가 되어 있었다면 믿겠는가?

작가가 되고 삼 년째가 되니까 요상한 취미가 생겼다. 전화기도 꺼 놓고 집 안에만 콕 틀어박혀서 절대로 안 나가는 일명 '습관성 잠적 증후군'이 그것이다. 며칠 전 엄청난 자괴감에 휩싸여, 나란 인간은 왜 이다지도 폐쇄적인 걸까? 궁금해하다가 습관성 외박 증후군을 떠올리곤 허허 웃었다. 원래부터 이렇게 생겨 먹었던 건 아니구나 싶어서 말이다. 안 혹은 밖에 머무는 시간을 척도로 나에게 일어난 변화를 되짚어 보니 외박과 잠적 사이에서 방황한 젊은 날이 말갛게 드러나 가슴이 시렸다.

그런데 오늘 또 마음을 고쳐먹게 된다.

'아직도 나는 젊은 날의 한 점 위에 서 있다'라고.

임 태 희

1978년 서울에서 태어나 연세대학교에서 아동학을 공부했다. 잡다한 직업을 전전하던 시절엔 나 자신의 가치를 의심하며 조바심을 냈는데 그때의 경험들을 밑천으로 글을 쓰고 있으니 인생은 재미있는 것 같다. 청소년소설 『옷이 나를 입은 어느 날』『쥐를 잡자』『나는 누구의 아바타일까』를 썼다.

가은이의 선택

_이경화

내게 주파수를 맞춰 봐_1814MHz

PM 9:45

정말 쇼킹한 노래죠.
맞습니다. 아주 깜짝 놀라실 거예요. 정확히 오십 분에 틀어 드릴게요.
일단 놀라시구요, 방송 사고는 아니니까 방송국으로 전화는 하지 마세요.
"깍———!"

나는 지금 현관 앞에 서서 손잡이를 노려보는 중이다.

'제발 잠겨 있기를……'

손에 힘이 들어간다.

하지만 역시 문은 열려 있다. 절차를 밟는 것처럼 마음으로 숫자를 센다. 이대로 몸을 돌려 도망갈 수 있다면 얼마나 좋을까.

도리질을 하고 한숨을 쉬었다. 오늘은 하나를 더 추가한다. 피맛이 느껴질 때까지 입술을 꼭 깨물고서 문을 연다. 꼭 닫힌 창문들은 음식찌꺼기가 잔뜩 눌어붙은 채 싱크대에 처박힌 그릇들, 마룻바닥에 허옇게 일어나는 먼지, 가구들 사이에 켜켜이 달라붙어 있는 냄새들도 꼭꼭 붙들어 두고 있다. 간밤에 쌓인 한숨 소리, 고

함 소리, 욕지거리들도 채 빠져나가지 못하고 공기 중에 섞여 떠돌고 있는 것 같다.

목구멍에 돌멩이가 박힌 것처럼 묵직하다. 집이 아니라면, 켁켁거리는 기침이라도 했을 테지만 그냥 침만 삼켰다. 조심스럽게 신발을 벗는데 방문이 벌컥 열린다. 아빠는 또 손잡이만 손으로 돌리고 발로 문을 뻥 찬 것이다.

"성은이냐, 가은이냐?"

얼굴은 보이지 않고 걸걸한 목소리만 술에 비틀리고 있다.

"가은이예요."

얼른 대답하고 부리나케 마루로 올라왔다. 안방을 지나칠 때는 다리가 삐끗하기도 했다. 채 대여섯 걸음밖에 안 되는 거리를 뛰다시피 지나쳐 방으로 들어왔다. 숨을 고르며 방문에 귀를 갖다 댔다. 조용하다. 하지만 마음을 놓아도 되는 걸까? 그런 생각을 하고 있는데 아빠가 움직이는 소리가 난다. 순간 방문과 거친 박치기를 했다.

"학교 갔다 왔으면 아빠 얼굴을 보고 인사를 해야 할 거 아니야! 버르장머리하고는 지 에미하고 똑같아서!"

빨갛게 충혈된 눈동자가 집어삼킬 듯이 노려보고 있다. 한 손으로 이마를 문지르며 두 눈을 내리깔고 재빨리 대답했다.

"죄송합니다."

"네 엄마가 그렇게 된 데는 너네 책임도 커!"

돌멩이가 자꾸 목구멍을 치고 올라온다. 목구멍이 뻣뻣해지더니 입안이 묵직해진다. 나도 모르게 볼을 한껏 부풀렸다.

"다른 집 애들은 엄마가 늦게 들어오면 일찍 오라고 전화도 하고 애교도 부리고 그런다더라. 어찌된 계집애들이 하나같이 그 모양이야!"

아빠는 눈을 부라리고는 방으로 들어갔다. 나는 그 자리에 계속 서 있었다. 아빠가 방바닥에 주저앉는 소리, 술잔을 밥상 위에 탁, 놓는 소리, "에휴" 하는 한숨 소리가 들린다.

'기억상실증에라도 걸린 걸까? 이런 상황에서 애교를 부리라니⋯⋯.'

아빠는 집에 아무 일도 없는 것처럼 말하고 있다.

엄마는 한 달 전, 아빠에게 이혼을 요구했다.

그리고 말로는 제대로 하지 못할 것 같다면서 언니와 내게 편지를 주었다. 엄마가 준 편지는 하도 많이 읽어서 다 외워 버렸다.

너희도 아빠 같은 사람이 남편이라면 불행할 수밖에 없지 않겠니.

남편이라니, 상상도 되지 않는다. 나는 단 한 번도 결혼 생각을 한 적이 없다. 언젠가부터, 그 언젠가가 처음이라고 생각되지만, 엄마와 아빠 사이에는 늘 활시위를 팽팽하게 당기는 것 같은 공기가 존재했다. 과녁을 맞히기 위해 언제 화살이 날아갈지 모르는 아슬아슬한 분위기 속에서 생존 분량의 산소를 비축해 두는 것처럼 말을 아끼면서 지내 왔다. 엄마나 아빠, 둘 중 한 명하고만 있는 게 오히려 편했다.

불행한 부부가 많을까, 행복한 부부가 많을까? 적어도 불행을 인내할 만한 행복이 존재하기 때문에 함께 사는 부부가 많을 것이다. 이제 존재하지 않는 행복은 엄마의 마음을 온통 불행하게 만들어 버린 것 같다.

아빠는 일주일에 다섯 번이나 술을 마신다. 엄마는 더 이상 그 술주정을 받아 줄 기운이 없다. 그렇게 집에서 술이나 마시면서 일하러 나가는 날은 고작 한달에 서너 번, 집에 가져오는 돈은 십만 원에서 이십만 원.

엄마의 편지는 외면하고 싶던 아빠의 무능한 실체를 정확하게 알려 주었다. 엄마와 헤어지면 아빠는 어떻게 될까? 엄마는 행복할지 몰라도 아빠는 더 망가질 것만 같다.

아빠는 어쩌면 죽을지도 모른다.

죽을지도……

방바닥에 쪼그리고 앉으니 그날 일이 떠오른다.

엄마가 이혼을 요구한 지 삼 일이 지난 날이었다. 그날도 엄마는 밤늦게까지 직장에서 돌아오지 않고 있었다. 고3인 언니는 열두시를 넘겨 술 냄새까지 풍기며 들어왔고.

집에는 아빠와 나 둘뿐이었다. 밤이라서 그런지 옆집에서 울리는 전화벨 소리까지 다 들렸다. 나는 이불을 깔고 불을 끄고 죽은 듯이 누워 있었다. 잠은 오지 않았지만 존재감을 잊기 위한 방법이었다. 어둠 속에 소리마저 갇히고 나면 광활한 우주가 떠오른다. 끝없는 우주 속에 티끌이 되어 떠다니다가 그 티끌마저 사라지는 상상 속으로 몸을 내맡기고 있었다.

큭큭거리는 소리는 우주를 떠돌던 나를 단박에 집 안으로 끌고 들어왔다. 숨도 쉬지 않고 조용히 귀를 기울였다. 분명 큭큭거리는 그 소리는 윽윽거리다가 다시 켁켁거리고 이내 꺽꺽거렸다. 집 안에서 나는 소리였다. 문득 엄마가 이혼하자고 했을 때 아빠가 했던 말이 떠올랐다. "어디 가서 확 죽어 버리든지 해야지."

벌떡 일어섰다. 불도 켤 수 없었다. 살금살금 마루로 나왔다. 안방 문에 귀를 대었다. 과연, 소리는 거기에서 흘러나오고 있다. 살그머니 문을 열었다. "아빠." 나는 그 자리에 우뚝 서 버렸다. 쇠로 된 옷걸이를 목에 감고 벽에 박힌 못에 대롱대롱 매달려 있는 장면은 현실이었다.

"아빠!"

달려가서 바짓가랑이를 붙들었다.

"죽지 마, 아빠, 죽지 마!"

눈물 콧물이 범벅이 되어 울었다.

아빠는 몇 번 더 큭큭거리더니 발밑에 두었던 의자에 발을 대고 내려왔다. 얼굴이 시뻘겠고 목에는 힘줄이 툭툭 튀어나와 있었다. 아빠는 안 나오는 목소리를 꾹꾹 쥐어짜며 말했다.

"가은아, 아빠는 엄마를 너무나 사랑, 해서 이혼, 을 해 줄 수가 없다."

아빠를 안아 주고 싶었다. 하지만 그런 상황에서도 아빠와 안는다는 것은 어색하게 생각돼서 옆으로 비껴 앉아 홀쩍홀쩍 울기만 했다. 생각해 보면 아빠 손을 잡았던 기억도 없는 것 같다. 어렸을 때나 지금이나 아빠는 늘 술에 취해 있다. 술에 취해 있는 아빠 모습은 우스꽝스럽고 또 무서웠다.

그런 일이 있고 난 다음 날 엄마는 말했다.

"가은이가 많이 놀랐겠구나."

"네가 아빠를 내렸어?"

언니는 빈정거리며 물었다.

"아빠가 내려왔어. 발밑에 의자가 있었거든."

"죽으려고 했던 거 맞대?"

언니는 헛웃음을 지었다. 부모님이 이혼하면 엄마와 살기로 이미 약속을 한 언니는 아빠한테 더 냉정해졌다. 언니는 한마디 더 했다.

"아빠는 절대 죽을 사람이 아니야. 정말 자살하는 사람은 아무도 모르게 해."

나는 주먹으로 언니의 가슴팍을 한 대 치고 싶은 것을 억지로 참았다.

아홉 시까지 온다던 엄마는 전화도 없다. 나는 울리지 않는 핸드폰만 만지작거렸다.

낼모레부터 시험이다. 엄마한테 독서실을 끊어 달라고 했지만 돈이 없다는 답만 되돌아왔다. "그러면 엄마가 좀 일찍 와. 아빠 보기 불안하단 말이야." 그 말에 엄마는 아무 말 없이 고개만 끄덕였다. 실은 공부하러 집에 일찍 들어오는 게 아니다. 생각 같아서는 이리저리 돌아다니다가 언니보다 늦게 들어오고 싶다. 하지만 자살 소동이 있고 나서부터 자율학습을 마치면 곧바로 집에 들어와야 마음이 놓인다. 그런데도 아빠와 둘이 있으면 불안했다. 아빠는 술 먹는 날이 더 많아지지는 않았지만 술주정은 더 늘었다.

술을 먹지 않는 날에는 퀭한 눈으로 눈치를 보며 불안해했다. 아빠가 술을 먹는 날은 식구들이 불안하고 술을 먹지 않는 날에는 아빠가 불안하니 집에만 오면 신경이 바짝 죄어 온다.

교과서를 폈다. 글자들이 탁탁 튀어서 서로 엉킨다. 아무리 눈을 꼭 감았다가 떠도 마찬가지다. 책상 위에 엎드렸다. 귀는 온통 안방으로 가 있다. 살얼음판을 걷는 것 같다, 라는 말을 온몸으로 실감하고 있다. 말 한마디라도 잘못하면, 행동이라도 헛나가면, 마음이라도 한번 잘못 먹으면 날카롭고 차가운 살얼음 속으로 빠져 버릴 것만 같다.

옛날에 헤어졌어야 했는데 너희들이 어려서 결정을 내릴 수가 없었어. 이제는 충분히 컸으니까 엄마를 이해할 수 있다고 생각한다.

옛날에…….

'그 옛날이 결혼을 하자마자인 건 아니겠지? 엄마도 행복했던 때가 있었겠지?'

초등학교 졸업식을 며칠 앞둔 날이 떠오른다.

엄마는 소리 없는 눈물을 흘리면서 가방을 싸고 있다. 아빠는 코를 드르렁 골면서 마루에 벌러덩 누워 있고 그 옆으로 소주병이 깨진 채 뒹굴고 있다. 나는 엄마 앞에서 손을 싹싹 빌고 있다. "엄마, 한 번만 참아. 내가 공부 더 열심히 할게. 아빠가 못하는 것까지 내가 더 열심히 할 테니까. 엄마, 제발. 한 번만 참아 주세요."

엄마는 나를 한참이나 내려다보았다. 그러더니 가방을 풀고 어질러진 마루를 치우고 찬물로 세수를 했다. 나는 그날 엄마가 떠날까 봐 뜬눈으로 밤을 지샜다.

'그때 이혼했으면 더 좋았을까?'

하지만 시간을 되돌린다고 해도 엄마를 보내 줄 용기는 없다. 언니를 믿을 수도 없을 뿐더러 식구 모두에게 커다란 짐인 아빠는 내게도 짐이었다.

지금 엄마는 다시 이혼을 하려고 한다.

그리고 아빠는 전혀 이혼해 줄 생각이 없다.

"아빠는 정말 엄마를 사랑하는 걸까?" 그 소리에 언니는 코웃음만 쳤다. "사랑은 행동이야. 아빠가 하는 게 뭐가 있니?" 나도 모르는 건 아니다. 아빠의 사랑은 엄마한테 폭력이 되고 있다. 상대를 힘들게 하고 괴롭히는 거라면 사랑은 아니다.

며칠 전 아빠는 언니와 나를 앉혀 놓고 물었다.

"엄마가 마음을 돌리지 않는다. 꼭 이혼을 해야겠다는데 너희들 생각은 어떠니?"

아주 다정스러운 목소리였다.

"너희들도 엄마 아빠가 이혼하기를 바라는지 아니면 반대하는 지 얘기해 봐."

언니가 쌀쌀맞은 목소리로 대답했다.

"나는 찬성이에요. 빨리 이혼했으면 좋겠어요."

나도 모르게 언니를 째려보았던 모양이다.

"가은이는?"

그 목소리에 기대가 있었다.

"……."

"가은아?"

아빠는 더 다정하게 물었다.

나는 끝까지 입을 다물었다. 다 밉기만 했다. 아빠도, 엄마도, 언니도.

다음 날, 아빠는 다시 우리들을 불러서 말했다.

"아빠는 가정을 지키기로 했어. 이혼하지 않게 너희들이 잘 도 와줘라."

언니는 대꾸 없이 픽, 웃고는 자리에서 일어나 문을 쾅 닫고 들 어가 버렸다. 나는 움직이지 않았다.

"그만 일어나서 네 방으로 가!"

아빠가 소리쳐도, 화장실에 가려는 언니가 일부러 툭 치고 가는데도 무릎을 꿇은 채 꼼짝하지 않았다. 저린 다리에 마비가 오고 그래서 정말 움직일 수 없을 때까지 가만히 있었다. 아빠가 손바닥으로 등짝을 내리쳤다. 나는 옆으로 픽 쓰러졌고 아빠한테 질질 끌려 방으로 들어갔다.

엄마가 곧잘 그러는 것처럼 소리 없는 눈물이 계속 흐르고 있다.

'왜?'

라는 물음이 머릿속에서 떠나지 않는다.

초등학교 때 부모님이 돌아가셔서 엄마가 거의 고아로 자란 건 너희들도 알고 있지? 이모는 엄마를 부담스러워 했다. 그래서 결혼을 빨리 해야 했어. 너희들 아빠는 아무 것도 가진 것 없고 배운 것도 없는 엄마를 무시하지 않고 충분히 사랑해 줄 것 같은 정말 나만큼 보잘 것 없는 사람이었단다.

나만큼 보잘 것 없는 사람.

가슴이 턱, 막히는 것 같다. 아빠가 똑똑하다는 생각은 해 본 적이 없다. 학기 초마다 하는 가정환경조사서에 아빠 직업을 건축일이라고 썼지만 아빠는 막일을 하는 사람이고 옷차림이나 생김새도 그에 걸맞다. 아빠는 특별한 날에는 양복을 입었지만 어색하고 불편해했고 또 그래 보였다.

어렸을 때는 그런 아빠가 부끄러웠다. 친구와 함께 길을 걷다가 저만치 보이는 아빠를 피해 다른 길로 돌아가기도 했다. 하지만 지금은 아빠가 팬티 바람으로 아무렇게나 마루에 누워 텔레비전을 보고 있어도, 친구들이 있는 앞에서 "이년아" 소리쳐도 피하지 않는다. 짜증은 나지만 아빠가 웃고 있으면 그걸로 안심이 되었다. 아빠가 기분이 좋으면 나도 마음이 편했다.

엄마한테 인생을 가르쳐 주는 사람이 아무도 없었다. 엄마는 결국 잘못된 선택을 한 거야.

'엄마는 어떤 선택을 해야 했을까? 엄마보다 더 나은 사람을 만나서 결혼을 해야 했을까? 그러면 이혼하지 않아도 되었을까?'

왠지 쓸쓸하다. 엄마가 잘못된 선택이라고 말하는 사람은 바로 아빠다. 엄마가 다른 선택을 했다면 나도 이 세상에 나오지 못했을 거다. 엄마와 아빠가 서로를 미워하면 나는 내가 비난받는 느낌이 든다.

하지만 엄마는 매순간 내 삶을 바꾸려고 노력했다.

엄마는 그랬다. 끊임없이 무엇인가를 배우려고 했다. 회사에 다니느라 바쁜데도 책도 열심히 읽고 독서모임 같은 데도 나갔다. 그러다가 엄마는 공부를 해서 방송통신대학에 들어갔다. 엄마가 대학에 다니는 사 년간은 부부싸움이 더 잦았다. 아빠는 곧잘 "공부는 때가 있는 거야. 너희 엄마는 허튼 데 돈 쓰는 낭비벽이 심한 여자다!"며 화를 냈다. 언젠가부터 엄마는 그런 말에 대꾸를 하지 않기 시작했다. 그리고 빈정거리는 눈으로 아빠를 쳐다보았다. 그 눈빛이 아빠를 더 화나게 했다.

엄마는 이제 아빠하고 말이 통하지 않는다. 엄마는 너무 불행해.

엄마는 일주일에 한 번은 꼭 스터디를 했다. 학교를 졸업하고 나서도 모임은 계속되었다.
"사는 것 같아."
모임을 하고 오면 엄마는 정말 생기가 돌았다. 문학 얘기도 하고 정치 얘기도 한다고 했다.
"지금이 몇 신데 이제 들어와!"
그렇게 소리치는 아빠의 눈에는 늘 이상한 광기 같은 게 있었다.
아빠가 엄마한테 화를 낼 때마다 할머니가 미웠다. 할머니는 아빠를 고등학교도 졸업시켜 주지 않았다. 아빠는 몇 학년까지 다녔을까? 1학년은 마쳤을까? "공부가 무슨 소용이야, 기술이 최고지." 그런 말을 곧잘 하는 할머니는 아빠한테 기술도 가르쳐 주지 않았다.

'아빠는 왜 엄마처럼 삶을 바꾸려는 노력을 하지 않는 걸까?'

어렸을 때는 그저 슬금슬금 피하기만 했던 아빠다. 나는 오랫동안 아빠의 삶에 대해 생각해 보았다. 언니 말처럼 "아빠 같은 부류는 어쩔 수 없어"라고 생각하고 싶지 않다. "술이 문제야" 하는 엄마의 말도 전부는 아닌 것 같다. 텔레비전에서 보면 '인생역전'이라는 프로그램도 있다. 하긴 거기에 나오는 사람들은 아무리 절망스러운 상황에서도 남을, 세상을 탓하지 않고 성실하고 열정적으로 살아간다.

삶은 이리 와서 한번 싸워 보자고 하는데 아빠는 화만 내고 있다. 엄마마저 그랬다면 나는 아빠의 눈동자를 닮아 갔을지도 모른다. 요즘 아빠의 눈동자는 동물의 그것 같다. 힘없는 짐승 앞에서 으르렁거리는 것 같기도 하고 죽음을 목전에 두고 마지막으로 몸부림을 치는 것도 같다.

엄마가 이혼을 요구한 뒤 아빠의 행동은 극과 극을 오가고 있다. "가연이 엄마, 가연이 엄마" 부르며 지나치게 굽실거릴 때도 있고 반대로 "이년, 저년" 하면서 폭군처럼 굴 때도 있다.

지난주였다.

부부싸움은 한 시를 넘기고 있었다. 언니는 이어폰을 꽂고 책상에 앉아 있었고 나는 이불을 뒤집어쓰고 웅얼웅얼 노래를 부르기 시작했다. 아빠는 소름이 쫙쫙 끼치는 욕을 했다. 목구멍이 화산처럼 부글부글 끓어오르는 것을 느끼며 노래를 더 크게 불렀다. 그때 언니가 머리를 발로 찼다. 신경질이 뻗쳐서 이불을 확 들추는데 언니는 손가락을 입에 갖다 댔다. 비명 소리, 악에 받친 듯한 엄마의 비명 소리가 들렸다. 언니를 따라 나도 서둘러 밖으로 나갔다. 그리고 보았다. 아빠가 엄마 머리채를 잡고 방 안을 질질 끌고 다니는 것을. 우리는 아빠의 두 팔을 뒤로 꺾어 강제로 엄마로부터 떼어 냈다.

　그날 밤 언니와 나는 서로 등을 돌리고 누웠다.

　"엄마가 더 세게 나가야 돼."

　언니가 말했다.

　"나라면 불이라도 확 질러 버리겠어."

　"뭐?"

　"말이 그렇다는 거야. 이판사판 하라는 거지."

　"아빠가 안 해 주면 이혼은 못하는 거지?"

　"나라면 야반도주라도 한다."

　"텔레비전에서 보면 이혼하는 거 별거 아니던데."

　"나는 아빠 같은 사람하고 절대 결혼 안 할 거야."

둘이 동문서답을 하고 있는데 엄마가 들어왔다.

"오늘은 마루에서 자는 것도 무섭다. 같이 자자."

엄마는 여전히 부들부들 떨고 있었다. 우리는 가운데 자리를 내어 주었다. 엄마는 자리에 누워서도 자꾸 머리를 쓸어 넘겼다. 그러고는 이불 밖으로 손을 털었다. 손가락 사이로 머리카락들이 후두둑 쏟아져 내렸다.

"엄마, 빨리 이혼 해. 불안해서 못살겠어."

언니는 비난하는 투가 역력한 목소리로 말했다.

"이혼을 해 줘야 하지."

"그냥 질러 버리라고!"

"너희들 아빠인데 재판까지 갈 수는 없잖니."

씩씩대던 언니는 결국 소리쳤다.

"그래서 언제까지 이러고 살라고!"

언니는 "엄마한테 한 거 아니다" 하면서 욕을 하고는 이불을 박차고 밖으로 나갔다.

나는 잘 모르겠다.

지금까지 보아 온 아빠의 모습보다 요 며칠 동안 보아 온 것이 훨씬 더 끔찍하다.

술을 먹지 않는 날 아빠는 동네를 한 바퀴 돌곤 했다. 아빠가 주위 오는 물건은 주로 화분이다. 사람들이, 부잣집이라고 했다, 버린 화분을 물로 깨끗하게 씻고 손을 보아서 현관 앞에 죽 늘어놓는 것은 아빠의 중요한 일과였다. 까맣게 죽어 가던 꽃잎과 거무튀튀하게 짓물러 있던 이파리들은 아빠의 꼼꼼한 손길에 싱싱하게 살아나곤 했다. 아빠가 잔뜩 등을 구부리고 꽃을 들여다보거나 물을 주는 것을 보면 아무 일도 없는 평화로운 가정에 살고 있는 듯한 착각에 빠진다. 이제는 그런 희망마저도 없다. 나는 꽃잎부터 힘없이 사그라지는 화분을 보면서도 물을 주어야겠다는 생각은 못했다. 다만 썩어 가는 꽃잎 몇 개를 따서 화분흙에 던져 놓았을 뿐이다. 아빠가 망가지는 모습을 더 이상 보고 싶지 않다.

'만약 아빠가 엄마를 만나지 않았다면 어떻게 되었을까?'

아무도 모르는 일이다. 엄마의 잘못된 선택은 아빠마저도 불행하게 만들었는지 모른다. 아빠가 사랑,이라는 핑계를 대는 것처럼 엄마는 자식,이라는 핑계를 대는 것 같다. 처녀 시절의 엄마처럼, 지금도 엄마는 선택 앞에서 망설이고 있는지도 모른다. 지금은 엄마한테 인생을 가르쳐 주는 사람이 있을까? 아니면 이제는 인생을 많이 살아 보아서 어떤 선택을 해야 하는지 아는 걸까?

엄마의 긴 한숨 소리가 들린다. 나는 등을 돌리고 누워 어둠 속에서 눈만 천천히 감았다 떴다. 눈꺼풀이 무거워져서 뜨지 못하게 될 때까지.

"가은아!"

아빠가 부르는 소리가 난다.

"이리 와 봐!"

교과서를 덮고 일어섰다.

"내가 억울해서 도무지 살 수가 없다."

아빠의 소리를 들으며 방문을 열었다.

"도대체 내가 잘못한 게 뭐야?"

커다란 그물에 휙 낚아채이는 기분으로 힘없이 앉았다.

"너 한번 말해 봐라."

"……."

"아빠는 정말 최선을 다했다."

다, 그 소리가 방바닥을 기어 다닌다.

"왜 내 마음을 몰라주는지 모르겠다."

다, 그 소리가 눈물 속에서 허우적거린다.

목구멍이 뻣뻣해 오기 시작했다.

"나만 왕따야. 다른 집은 아빠들이 왕인데 우리 집은 왕이 아니라 왕따야. 나만 없어지면 되지? 그러면 다들 잘 먹고 잘살겠지?"

목구멍이 뜨겁다.

"대답 안 해?"

아빠는 이제 목소리도 충혈되어 있다. 초등학교 때는 꾸벅꾸벅

졸면서도 끊어질 듯 끊어질 듯 주저리주저리 말을 하는 아빠 앞에
서 졸린 눈을 간신히 치뜨면서 잘못했다고 말하곤 했다. 뭘 잘못
했는지도 모르면서. 대답을 하게 되면 그게 꼬투리가 되어서 또
다른 야단을 맞을 게 분명한 걸 알면서도 그랬다. 그때로 돌아가
고 싶은 건 아니다. 단지 '어린 나'가 생각했던 지금보다는 더 괜
찮은 아빠를 기억해 내며 입을 열었다.

"아빠가 없어지면 슬플 거예요."

"그래? 뻥치고 있네. 그런데 왜 니네 엄마는 나를 안 보고 살겠
다는 거냐?"

"저는 아빠 딸이에요."

간신히 중얼거렸다. 어린 나는 이제 열일곱 살이 되었다.

'나한테 넋두리하지 말란 말이에요!'

속으로 외쳤다. 그렇게라도 하지 않으면 어떤 말을 내뱉게 될지
몰랐다. 나는 방바닥을 노려보며 계속 소리쳤다.

'우리도 아빠를 존경하고 싶어요. 사랑하고 싶다고요. 그러니
까 좀 변해요. 변하란 말이에요!'

"애 내버려 둬요."

엄마다.

용수철처럼 발딱 일어났다. 파마 머리가 아무렇게나 헝클어져
있는 엄마는 한눈에도 쓰러질 듯 지쳐 보인다.

"가은아, 너는 가서 시험공부 해."

한껏 표정을 누그러뜨리던 아빠가 다시 고약하게 눈을 떴다.

"시험공부?"

부, 자를 일부러 위로 올리며 잔뜩 비꼬고 있다.

"그럼 애가 낼모레 시험인데 공부해야죠."

엄마는 단호하게 말했다.

"지금 아빠가 이혼을 당하게 생겨서 마음이 이렇게 아픈데 딸 자식이라고 있는 건 시험공부를 해야 한다?"

그러고는 아빠는 으허허허, 웃는 것도 같고 우는 것도 같은 소리를 냈다.

"시험이 더 중요하니, 아빠가 더 중요하니?"

아빠가 노려보며 묻는다. 나는 고개를 푹 숙이고 가만히 있었다.

"대답 안 해?"

"애 그만 좀 내버려 둬!"

엄마가 소리친다.

"그래 다들 잘나셔 가지고 공부들을 하시느라 아주 꼴깝들이야. 우리 누이는 중학교밖에 안 나왔어도 지 남편을 하늘 모시듯이 받들어. 엄마 말이 맞지. 여자들은 하나 가르칠 게 못된다더니."

아빠는 엉거주춤 서 있는 나에게 소리쳤다.

"너 대답 안 해!"

하지만 자신조차 뭘 물었는지 모르는 얼굴이다.

"술 깨고 얘기해."

하는 엄마 말을 뒤로 하고 방으로 들어왔다.

엄마는 예전처럼 가방을 쌀 생각을 하지 않고 아빠를 설득시키고 있다.

'하지만 언제까지?'

엄마도 변하지 않고 아빠도 변하지 않을 것 같다.

MP3를 찾아 이어폰을 꼈다. 지민과 은파랑의 '내게 주파수를 맞춰 봐'는 아무 생각 없이 들을 수 있는 라디오 프로다. 볼륨을 최대한 올렸다. 잠시라도 잊고 싶다. 아주 잠깐이라도, 탈출하고 싶다.

정말 쇼킹한 노래죠.

맞습니다. 아주 깜짝 놀라실 거예요. 정확히 오십 분에 틀어 드릴게요. 일단 놀라시구요, 방송 사고는 아니니까 방송국으로 전화는 하지 마세요.

지민과 은파랑이 경쾌하게 대화하고 있다.

잠시 시험 걱정을 했다. 첫 시험은 국어, 물리, 가사다. 만만한
게 하나도 없다. 뗀 것도 하나도 없다. 국어 교과서를 펼쳤다.

"너도 엄마랑 같이 살 거지?"

언니 목소리가 들리는 것 같다.

"그럼 아빠는 어떻게 해?"

언니는 간단하게 대답했다.

"미친년."

생각을 멈추기 위해 라디오에 집중했다. 소리는 들리는데 무슨
말을 하는 건지 알 수가 없다.

'엄마, 아빠는 얘기하고 하고 있을까? 아니면 싸우고 있을까?'

창문을 열고 밖을 내다봤다. 거리에는 사람 하나 없다. 며칠 전
아빠가 물었다.

"왜 말렸냐?"

처음에는 무슨 말인지 몰랐다.

"엄마 맞고 있을 때 말이야."

"폭력은 안 돼요."

아빠는 호통을 쳤다.

"너희들이 그때 말리지 않았으면 이혼 얘기는 쏙 들어갔을 거
야. 더 맞았으면 이혼 얘기는 꺼내지도 못했을 거라고. 너희들이
다 망쳐 놨어!"

시계를 보았다. pm 9:50.

"꺅——!"

여자의 비명 소리가 귓속을 파고든다.

벌떡 일어섰다. 긴 비명 소리 끝은 정적. 정적이다. 아무 소리도 들리지 않는다. 성큼성큼 걸어 나가 안방 문을 열었다.

"안 돼!"

아빠가 엄마 머리채를 휘어잡고 벽에 찧고 있다. 생각할 겨를도 없이 엄마를 손으로 밀치면서 아빠를 끌어안았다.

"아빠, 엄마 놔줘. 제발 부탁이야."

목구멍에 걸린 돌멩이가 탁 치고 올라오는 것 같다. 아빠가 거칠게 떠다미는 통에 중심을 잃고 바닥에 주저앉았다. 노랫소리, 노랫소리가 들리고 있다. 그제야 이어폰을 꽂고 있다는 사실을 알았다. 아빠가 주먹으로 머리통을 후려치는 것과 동시에 이어폰이 뚝 떨어졌다. 아빠의 거친 숨소리, 엄마가 흐느끼는 소리가 귓속을 가득 메우기 시작한다.

"떠나."

엄마가 놀란 눈으로 쳐다본다. 나는 다시 한 번 정확하게 소리쳤다.

"아빠는 엄마를 안 놔주니까 엄마가 그냥 가라고!"

엄마가 주춤주춤 일어난다.

"뭐라고 하는 거야, 이년이! 가긴 어딜 가!"

나는 다시 아빠를 꽉 끌어안으며 소리쳤다.

"나도 가? 나도 떠났으면 좋겠어? 아빠 이러면 나도 나가 버릴 거야!"

"가!"

아빠는 소리쳤다. 하지만 잔뜩 힘이 들어간 몸은 꼼짝도 하지 않고 있다.

"모두 가 버려. 다 필요 없어!"

나는 아빠를 더 꽉 끌어안았다.

엄마는 헝클어진 머리를 쓸어내리며 핏발 선 눈을 불안스럽게 굴리면서, 떨리는 손으로 주섬주섬 가방을 싸기 시작했다.

나는 엄마가 현관문을 열고 나갈 때까지 아빠를 놓지 않았다. 바닥에 뒹굴고 있는 이어폰으로 희미한 노랫소리가 흘러나온다. 무슨 노래일까? 멜로디가 낯설다. 나는 노래 가사를 듣기 위해 온 신경을 곤두세웠다.

◗ 작 가 후 기

글을 다 쓰고 나서 이런 생각이 들었다.

가은이는 괜찮을까?

창문을 활짝 열고 숨을 한번 몰아쉬고 먼 데 시선을 주면서 다시 한 번 생각했다.

가은이는 괜찮을까?

멋진 녀석이라고 너무 믿은 건 아닐까, 강한 녀석이라고 내 스스로 단정 지어 버렸던 건 일말의 책임을 피하기 위해서가 아니었을까.

——왜 그 끔찍한 일들을 나만 목격하는지 모르겠어요. 언니는 늘 놀러 나갔거나 잠이 나 자고 있었다고요.

목격하지 않았다면 가은이의 선택은 달라졌을까?

사람은, 자신의 선택이었을 경우에만 책임에 대해서 진지해진다. 선택을 피하고 싶은 건 책임을 피하고 싶기 때문이다. 선택의 순간에 내가 아닌 다른 사람을 떠올리게 되는 것도 어쩔 수 없었다는 변명을 늘어놓기 위해서일 것이다.

그런데 주인공은 선택을 하는 사람이다. 결단은 영웅들의 것이다. 신화 속 영웅들은 같은 상황에서도 저마다의 캐릭터에 따라 각기 다른 선택을 한다. 드라마는 다채롭게 펼쳐진다. 우리들의 선택도 이와 같아서 지금 나의 선택은 나만의 스타일을 만들어 나가고 있는 중일 게다. 스타일은 또 나만의 삶을 만들고 있을 테고. 선택의 주어가 늘 '나'이기를,

그리하여 언제나 삶이 모험의 여정 속에 있기를 바라는 마음이다.

이 경 화

어려서부터 글 쓰는 일이 좋았으나 대학을 졸업하기까지 단 한 번의 문학상도 받은 일이 없었다. 서른이 되기 전까지 데뷔하지 못하면 작가가 아닌 독자로 남으리라는 눈물 어린 결심을 하고 스물아홉 살에 문학상에 응모했다. 당선 소식을 듣고 생각해 보니 문학상에 응모한 것도 작품 꼴을 완성시킨 것도 처음이었다. 생각만 많고 또한 말만 많았던 것이다. 그간에 한 번도 완성시키지 못하여 응모하지 못한 자의식 과잉의 글들을 모조리 버리고 2004년 겨울, 청소년소설 『나의 그녀』를 발표하면서 아동문학에 한 발을 들여놓았다. 이후 『나』 『장건우한테 미안합니다』 『지독한 장난』 『진짜가 된 가짜』 등의 창작집을 발표했는데 올해가 데뷔한 지 꼭 십 년이 되는 해이다. 이미 멀리 왔으므로 재능에 대한 불신은 더 이상 하지 않기로 한다. 성실성에 대한 탓도 그만 두기로 한다. 이 정도의 재능과 이 정도의 성실성이 내 그릇이라는 것을 절감하며 요 정도의 나를 받아들이고 내 걸음으로 걷는 연습 중이다. 노력 중이다.